여자라서
행복하다는
거 짓 말

평온해 보이는
가족극장에서 벌어지는
친밀한 불행

신중선 소설

여자라서
행복하다는
거짓말

정희의 시간
꿈이었다고 생각하기엔
노래방 여자
반칙왕
아내의 방
묘화는 행복할까
괜찮아

차
례

정희의 시간 • 9
꿈이었다고 생각하기엔 • 37
노래방 여자 • 65
반칙왕 • 95
아내의 방 • 133
묘화는 행복할까 • 163
괜찮아 • 201

작품해설 • 233
작가의 말 • 257

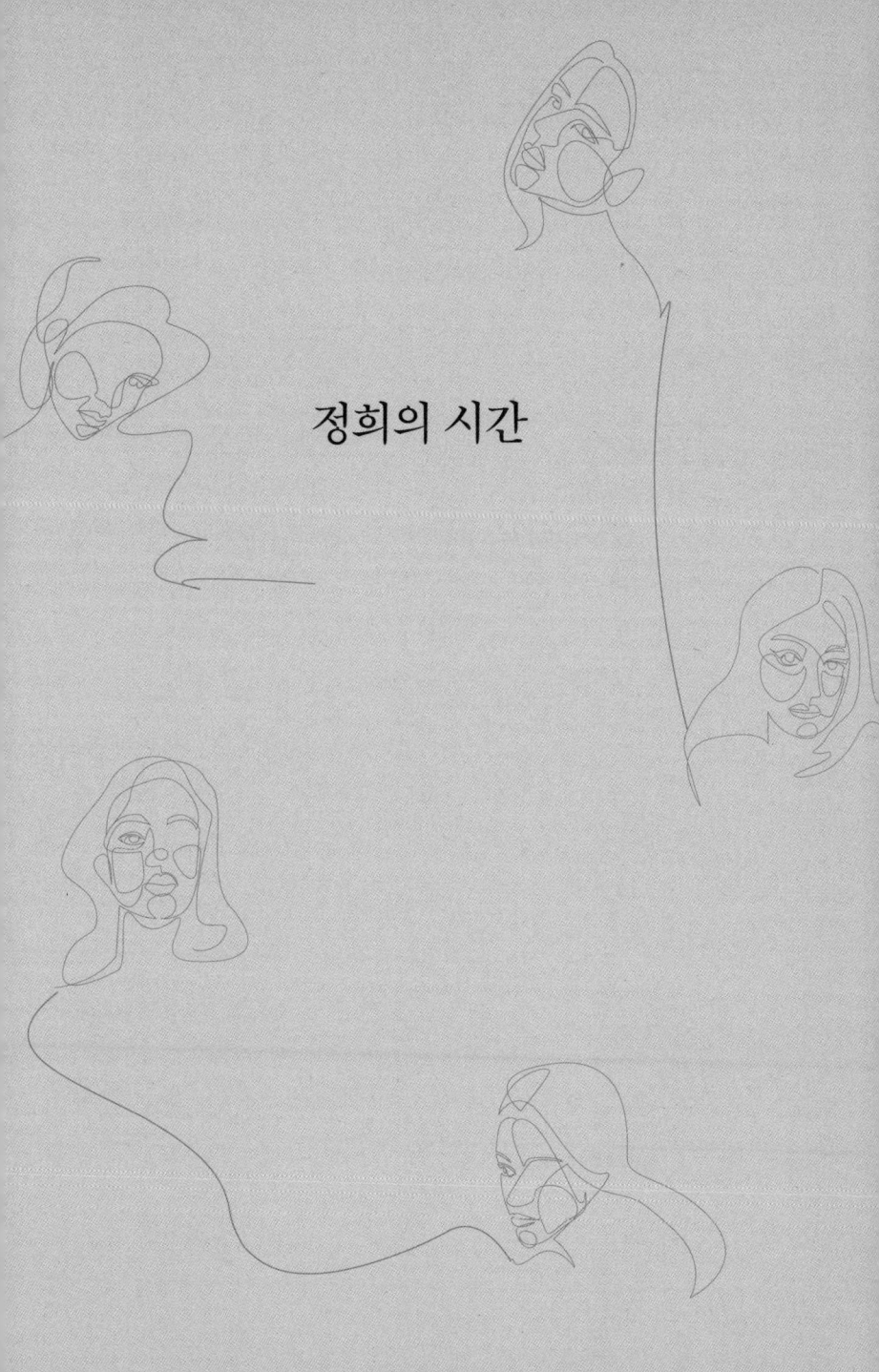

정희의 시간

골목어귀에서 전병 가게를 발견했을 때 정희는 얼어붙고 말았다. '백년 전통의 수제 전병 가게'라는 문구 정도만 새로울 뿐 그 외에는 크게 달라지지 않은 외관이었다. 전혀 예상치 못했던 일이다. 전병 가게가 그대로 있다니 나는 어째서 한 번도 이에 대해 생각하지 못한 것일까, 하는 생각에 정희는 잠시 멍했다. 그럼에도, 마침내, 올 것이 온 것, 같은 느낌이었다.

온몸에 소름이 돋아났다. 눈물이 차올랐다. 덜덜 떨리는 손으로 가게 출입문을 열자 머리 위에서 종이 딸랑댔다. 안으로 들어가니 전병이 잘 보이도록 벌여놓은 진열대가 맨 처음 눈에 들어왔고 밀가루나 콩 같은 것이 들었음직한 포대 자루도 보였다. 생강이 가득 담긴 붉은 대야나 빈 양동이, 가위, 식칼, 도마 같은 도구들도 여기저기 널려 있었다. 외관과 마찬가지로 내부 역시 변한 것 없이 거의 예전 그대로였다. 동네 장사라 특별한 노력 없이 그냥 저냥 꾸려온 모양이었다. 과자 굽는 냄새가 콧속을 파고들었다. 익숙한 냄새. 잊으려야 잊을 수 없는……

안쪽에서 인기척이 느껴지더니 노인이 걸어 나왔다. 노인이 정희를 봤다.

"뭘 드릴까?"

양손에 집게와 종이봉지를 든 노인은 금방이라도 전병을 집을 태세로 물었다.

"아저씨. 저, 정희예요."

노인이 흠칫하며 놀랐다.

*

스물네 해 만에 온 고국이고 고향이었다. 인천국제공항에서 곧바로 달려온 길이었다. 혹시 마을사람들 눈에 띨까봐 걱정되기는 했으나 시기를 놓치면 후회할 거 같아 오랜 고민 끝에 왔다. 아버지 얼굴이나 보고 서둘러 돌아갈 작정이었다. 그런데 그보다 먼저 전병 가게와 맞닥뜨리고 말았다.

가게에서 머문 시간은 그리 길지 않았다. 할 일을 마치고 그곳에서 나온 정희는 애초 목적대로 골목길 안쪽을 향해 걸어 들어갔다. 골목 끝에 예전 정희 가족이 살던 집이 있다. 지금은 아버지가 살고 있다. 과히 길지도 않은 골목임에도 다리가 후들거려 제대로 걸을 수 없었다. 주저앉았다가 일어나길 몇 차례 반복한 끝에 겨우 집 앞에 도착할 수 있었다.

철대문은 빼죽이 열려 있었다. 열린 틈으로 아버지가 보였다. 아버지는 툇마루에 앉아 있었다. 대문을 등진 자세라 뒷모습만 볼 수 있을 뿐이었다. 아버지의 머리칼이 햇볕에 반짝였다. 여든셋이라는 나이를 새삼스레 들출 필요도 없겠다. 허옇게 센 머리칼과 구부정한 등이 더도 덜도 아니게 꼭 그만큼의 연령대임을 드러내고 있으니까. 의외의 초라한 모습에 정희의 가슴이 쩡- 소리 내며 갈라졌다. 긴 세월에 걸쳐 상상해오던 모습과 많이 다르다. 아버지의 노년은 다른 노인들과는 다를 줄 알았다. 정희는 서있는 자리에서 더 이상 나아가지 못한다. 그녀는 고동치는 가슴 언저리를 꽉 쥔 주먹으로 지그시 누른다.

아버지에 대한 정희의 감정은 말할 수 없이 복잡하다. 오랜 기간에 걸쳐 차곡차곡 쌓여서 퇴적층을 형성하고 있었다. 아버지가 세상을 뜨기 전에 한 번은 만나야 한다고 줄곧 생각했지만 용기를 낼 수 없었다. 정희에게, 고향마을에 발을 들인다는 것은 고통 속으로 다시 걸어 들어가는 것이라서.

    정희아버지는 얽매이길 싫어하던 사람이었다. 내키는 대로 살고 틈만 나면 객지로 나갈 궁리만 하던 자유분방한 인물이었다. 정희할머니가 아들의 혼사를 서둔 것은 순전히 방랑자처럼 살아가는 아들을 붙잡아 두기 위한 방편이었다. 예정된 결말이겠지만 그 결혼은 오년도 되기 전에 종지부를 찍고 말았다. 정희가 첫 돌 되던 해 장바구니 들고 나간 정희엄마가 끝내 돌아오지 않음으로써 혼인은 파탄됐다. 그런 일이 벌어졌어도 정희아버지는 개의치 않고 양복을 차려 입고 집을 나섰다. 마을사람들은 그런 그에게 역마살이 끼었다거나 외지 어디인가에 차마 데려올 수 없는 사연 깊은 애인이 있는 거라고 수군댔다. 정희할머니가 인근에 살고 있기에 믿는 구석이 있었다고는 하나 그렇다고 해서 그가 무책임한 부모라는 딱지에서 자유로울 수 있는 건 아니다.

    정희는 보살핌을 받지 못하고 성장했다. 세 살 터울의 오빠가 있긴 했지만 그 역시 동생을 돌보기엔 어렸다. 더욱이 정희는 서너 살 무렵부터 도통 할머니 집에 가려고 하지 않았기에 늘 혼자였다. 정희가 할머니 집을 꺼렸던 이유는 할머니에게서 나는 냄새 때문이었다. 후각신경이 남달리 발달한 정희는 식구 중 누군가가 음식을 먹고 귀가하면 대번에 그 음식명을 알아맞힐 정도로 냄새에 민감한 특이한 아이였다. 사실 정희가 할머니에게서 맡은 그 냄새라는 게 노인 특유의 체취였을 테지만 정희는 그것조차 견딜 수 없을 만큼 냄새에 극도로 예민했다. 그런 신체적인 특성이 정희로서는 나름대로의 괴로움이어서 오빠에게 수차례 하소연하기도 했지만 그는 동생이 이상하다면서 외려 타박했다.

정희할머니가 살던 곳은 휑뎅그렁한 한옥이었다. 할머니 집을 떠올릴 때면 집안 곳곳에 배어있던 퀴퀴한 냄새와 바람에 흔들리던 거미줄, 지네나 그리마와 같은 절지동물 등이 정희의 눈앞에 어른댄다. 여름 우기철에만 물을 볼 수 있는 건천을 경계로 이쪽과 저쪽에 정희네와 할머니 집이 각각 자리하고 있었다.

할머니 집은 개천을 건너고 가파른 너덜 길을 얼마간 따라 올라가야 다다를 수 있었는데, 오르기가 힘들어서 그렇지 막상 도착하면 고래등 같은 기와집이 턱 하니 버티고 있어 제법 볼 만한 광경을 연출했다. 외진 시골집치고는 규모가 컸지만 늘 눅눅한 기운이 서려있었고 을씨년스러웠다. 그러나 그 집에서도 정희가 좋아하는 장소는 있었으니 그건 바로 유실수가 그득한 뒷마당이었다. 야트막한 담장을 따라 감나무와 대

추나무, 모과나무 등 갖가지 나무들이 자라고 있었다. 특히 감나무는 대여섯 그루가 족히 되는 걸로 정희는 기억하고 있다.

할머니는 늦가을이면 감을 깎아 처마 밑에 주렁주렁 매달아 말렸는데 그 풍경은 정희가 마흔여덟 해 살아오면서 눈에 담았던 어떤 것보다 아름답게 저장되어 있다. 할머니가 만든 곶감은 달고 맛있었다. 농사철이면 논밭에서 살다시피 했고 벚꽃 흩날리는 날에는 벚꽃잎을, 가을이 되면 또 낙엽 쓰느라 허리 펼 날이 없었다. 할머니는 부지런했으며 성실했고 이웃들에는 인심 후한 어른이었다. 그런 분을 평생 애태웠던 사람이 단 하나의 혈육인 정희아버지였다. 정희아버지는 나이 먹도록 이타적인 행동을 한 적이 별로 없었다. 일손이 절실히 필요한 농번기에도 방랑벽이 도지면 미련 없이 집을 나갔다. 평생에 걸쳐 농사일에 시달린 할머니의 손톱은 뭉툭하고 새까맸으며 손아귀도 갈퀴처럼 억셌다.

정희엄마가 집을 나간 이후로 정희아버지는 외지에서 돌아올 때 더러 여인들을 동반하기도 했지만 그녀들이라고 그를 견딜 수 있었던 건 아니다. 남자가 객지에 나가 없는 집에서 그것도 자기가 낳지도 않은 어린아이 둘을 어느 누가 거두면서 살 수 있었을 것인가. 몇 차례 여인들이 오고갔다. 그러다 정희 나이 열 살 되던 해 정희아버지는 정식으로 아내를 맞게 되는데 불행하게도 심성이 별로 좋지 않은 여자였다.

수확기가 되면 할머니 집은 각종 농산물로 풍성했다. 어느 날 가면 고구마가 마당의 멍석 가득 널려있고 또 어느 때엔 옥수수나 감자가 그득했다. 그러나 아이들을 홀대하는 며느리가 밉다고 당신의 아들집엔 아무것도 갖다 주지 않았다. 분이 많이 났던 포실포실한 찐 감자나 때깔 곱고 말캉말캉 달디단 주홍빛 홍시도 할머니 집에 걸음을 하지 않는 한 얻어먹을 수 없었다. 할머니의 너른 광에는 쌀자루도 그득했다. 그러나 할머니 집에 서식하는 쥐들이 난 알갱이만 쏙 까먹고 버린 겨 껍질이 긴 복도를 노랗게 물들일망정 아들 내외를 위한 쌀은 없었다. 이유를 알 수 없는 새엄마의 푸대접을 오빠가 시시콜콜 할머니에게 일러바쳤기 때문이다. 뚱뚱한 체격의 정희할머닌 한 꾸러미의 열쇠뭉치를 허리춤에 차고 뒤뚱뒤뚱 걸었다. 발걸음을 뗄 때 마다 쇠뭉치들이 맞부딪쳐 절그럭 소리 냈다. 할머니는 일을 할 때나 걸을 때 습관처럼 타령조의 노래들을 읊조리곤 했는데, 특히나 정희의 기억에 남아있는 노래가 하나 있다. 제목은 알길 없지만 가사의 일부는 아직도 암기하고 있다.

호박단추 내 있네.

비단피륙 내 있네.
오곡백과 내 있네.
문전옥답 내 있네.
은금보화 내 있네.
고대광실 내 있네.

    할머니가 정희오빠를 무릎에 앉히고 머리를 쓰다듬으며 부르던 덕담 성격의 노래였다. 할머니가 정희를 위해 이 노래를 부른 적이 없는 이유는 정희가 할머니 무릎에 앉지 않았기 때문이지 손녀를 손자보다 못하게 여겨서는 아니었다. 정희는 할머니가 손을 잡거나 머리를 쓰다듬으면 자신도 모르게 절로 목을 움츠려서 할머니를 서운하게 만들었다. 그 심정을 알면서도 곰살맞게 행동할 수 없었던 건 냄새 탓이었고 이 때문에 정희는 새엄마의 구박에도 어지간해서는 건천을 넘지 않았지만 정희오빠는 달랐다. 툭하면 할머니에게 달려갔고 그러다 종래엔 아예 거처를 옮겼다. 조손간의 친밀한 관계는 할머니가 세상을 뜨던 날까지 지속되었다.
    정희할머니는 가마솥에다 배추를 삶던 중 돌연 사망했다. 김장을 다 하고도 남아도는 배추로 우거지를 만들던 중이었다. 소문에 의하면 재산 중 상당 부분을 손자 몫으로 남겨 주겠노라 말하고 다녔다지만 허리춤에서 주인과 함께 했던 할머니의 열쇠뭉치는 고스란히 정희새엄마 손으로 넘어갔다.

아직 새엄마가 들어오기 전의 어느 한때 정희는 병을 앓고 있었다. 밥알을 삼키지 못할 지경으로 목이 부어올랐고 종일 식은땀을 흘렸다. 때마침 볼거리가 아이들 사이에서 유행 중이어서 정희아버지는 정희도 같은 병일 거라 짐작했다. 동네 아이들이 다 나아도 유독 정희만 호전되지 않자 마을 어른들이 걱정하기 시작했다. 강 건너 불구경하듯 하던 정희아버지를 그들이 재촉하지 않았더라면 정희는 큰 화를 면치 못했을지도 모른다. 시골의사는 심각한 얼굴로 서울의 큰 병원으로 가보라고 했다.

정희의 병명은 임파선이 결핵균에 감염되어 생긴다는 임파선결핵이었다. 아버지가 대놓고 짜증냈다.

"뭐 이런 병에 다 걸리고 그러니, 너는……"

정희는 두 눈을 깜빡이며 자책했다. 난 왜 이런 병에 걸려서 아버지를 괴롭히는 걸까. 서둘렀더라면 약복용만으로도 완치될 수 있었지만 치료 시기가 늦어 수술을 해야 했다. 정희는 목에 칼자국을 지니게 되었다. 집에 돌아와서도 제법 장기간에 걸쳐 마을 의원에서 통원치료를 받았다. 목 주사 하나 엉덩이 주사 하나, 의원에 가면 정희는 스스로 팬티를 내리고 뽀얀 엉덩이를 쏙 내밀었다. 간호사들은 울지 않는 작은아이를 기특하게 여겨 귀여워했다. 딸이 그 지경이었어도 정희아버지는 호시탐탐 집에서 나가고 싶어 안달을 해댔다.

그 시절 아이들이 즐겨 했던 놀이로, 둥그렇게 모래성을 쌓고 그 정점에 나뭇가지를 꽂은 뒤 두 손으로 모래 밑동을 조금씩 긁어내는 것이 있었다. 정희는 그 놀이를 좋아했다. 한 번, 두 번, 세 번…… 그러다 열 번째에 나뭇가지가 스르르 넘어지면 오늘도 아버지가 오지 않는 것이라 체념했고 열을 셀 때까지 나뭇가지가 버텨주면 혹시 아버지가 올까 해서 마을 어귀로 달려갔다. 물론 그 점괘가 정희의 바람을 충족시켜준 적은 없었다.

아버지가 돌아오면 정희의 시선은 재빠르게 그의 손으로 향했다. 항상 전병을 사왔기 때문이다. 전병은 정희가 그 시절에 가장 좋아하던 주전부리였다. 골목 어귀에 전병 가게가 있었고 정희네는 골목 막다른집이었다. 그러니까 가게는, 밖에서 집에 다다르자면 반드시 지나칠 수밖에 없는 위치였다. 센베이라 불리기도 하던 전병 중에서 정희는 부채꼴 모양의 파래김전병을 제일 좋아했다. 설탕 묻힌 생강말이는 정희아버지가, 땅콩전병은 오빠가 좋아했다. 전병 가게는 당시 이미 오십년이 다 되어가던 터라 본인들은 전통을 내세웠지만 규모가 큰 가게는 아니었다. 일제 강점기에 개업한 걸로 알려진 전병 가게는 정희남매가 '아저씨'라 부르며 따랐던 사십 대 남자와 그의 부친이 함께 선대의 가게를 이어받아 하고 있었다. '아저씨'는 정희아버지의 오랜 친구였다.

정희아버지는 어느 날 전병을 사오는 대신 꽃같이 예쁜 스무 살짜리 여자를 데리고 왔다. 정희 나이 열 살, 오빠는 열세 살, 아버지는 마흔다섯 살 때였다. 정희남매가 그녀를 엄마라고 부르기엔 많이 어색한 나이였다. 심보가 그다지 좋지 않았던 새엄마는 남매가 아버지와 다정하게 있는 걸 특히나 경계했다. 정희아버지는 재혼 후로도 한동안은 준동하는 방랑기를 잠재우지 못했지만 기본적으로는 가정에 안주했다. 또한 어느 시기인가부터는 꽤 긴 기간 안정된 직장생활도 하게 되는데, 그건 참 기적과도 같은 일이었다. 새엄마가 만든 것임에 분명한 기적이었다.

가정에 뿌리내리기 시작할 즈음해서 정희아버지는 소망 하나를 키우게 되었다. 아담한 건물 하나를 사서 피아노 대리점과 악기 교습소를 차리고 가능하다면 새엄마와 살아갈 살림집도 동일한 건물에서 꾸리는 것이 그가 바라던 것이었다. 참 정희아버진 바이올린 연주를 즐겼다. 따로 배운 적이 없었다는데도 그랬다. 피아노 연주 실력도 상당했다. 예술방면에 재능이 있는 사람이었다. 만일 그가 도시의 중산층 가정에서 태어나 자랐다면 예술가의 기질을 살려서 그 방면으로 나갔을지도 모른다. 어쩌면 성공했을 수도 있다. 사람 일이란 모르는 것이니까. 하지만 시골에서 그것도 농사밖에 모르던 정희할머니의 머릿속에는 애초에 예술이란 건 들어있지도 않았다. 정희할머니가 이런 아들을 곧잘 베짱이에 비유하곤 했었다는 사실 하나만으로도 당시의 환경을 미뤄 짐작할 수 있다. 정희아버지가 툭하면 바깥으로 나가곤 하던 연유를 그런 데서 찾아도 되겠다 싶다. 그는 시골이 한없이 답답했을 것이고 큰 무대로 나가 자신의 재능을 펼치고도 싶었을 것이다. 그러나 그에겐 평생 모셔야 할 청상과부 홀어머니가 있었던 것이니 그것이 그를 비극의 주인공으로 만들었는지 모른다. 게다가 원치 않았던 여인과 혼인을 해서 졸지에 아이 둘을 얻게 되었으니 정희아버지로선 그 또한 마땅치 않았을 터.

아무튼 정희아버지가 어느 순간부턴가 피아노대리점과 악기 교습소라는 건설적인 꿈을 꾸긴 했어도 여전히 걸핏하면 집을 떠났고 긴 세월에 걸쳐 숱한 여성들과 데이트를 즐기는 바람둥이였다.

화장 곱게 하고 불면 날아갈듯 여린 몸매에 하늘거리는 원피스 차림으로 외출하는 새엄마를 볼 때 마다 정희는 지치지도 않고 상상했다. 여우가 사람으로 둔갑한 것임에 틀림없다고. 얼굴이 예뻐서이기도 했지만 그보다는 아버지가 있을 때와 없을 때의 판이한 태도 변화 때문이었다. 새엄마의 명연기는 특히나 정희를 대하는 행동에서 두드러졌다. 정희는 학창시절 내내 수업료가 밀리는 아이였고 제대로 된 문제집이나 참고서도 가져 보지 못했다. 경제권을 손에 쥔 새엄마의 어이없는 심통이었다. 교내 연극제에 입고 나갈 의상을 마련해주지 않아 주인공 자리를 놓친 적도 있었다. 이러한 사실을 몰랐는지 알고도 모른 척 했는지, 가정사는 새엄마에게 일임했을 뿐 정희아버지는 아무런 의견도 내놓지 않았다. 자식에 관한한 무관심으로 일관했다. 그렇지만 정희아버지는 자기 자신을 가꾸는 것에는 일가견이 있어서 마을에서 알아주는 일류 멋쟁이였다. 칼 주름 바지에 더블재킷을 차려 입은 정희아버지 곁에는 젊고 예쁜 여성과 자전거가 있었다. 반짝반짝 광나는 자전거는 그를 근사하게 보이게 만드는 액세서리였다. 미소를 머금은 밝은 얼굴은 애인들을 향해 비스듬히 기울어져 있었고 그녀들은 대부분 종알대면서 걸었으며 정희아버진 어여쁜 여성들과 보조를 맞추느라 기다란 다리를 느릿느릿 움직였다. 젠틀맨의 전형처럼 보일 수도 있었던 그러한 태도는 그 시절 여인들에게는 썩 매력적으로 비치지 않았을까. 데이트 상대였던 여성은 누구랄 것 없이 하이힐을 신었다. 비좁은 지방마을이다 보니 이따금 하굣길의 정희에게 이들이 포착될 때도 있었는데, 간혹 마음이 동하면 살금살금 뒤쫓기도 했다. 동행한 여성이 지나간 비포장도로에는 송송 작은 구멍이 생겨났다. 정희는 일삼아 하이힐이 지나간 자국 위로 걷기도 했다. 그럴라치면 어쩐지 자신 또한 멋쟁이 여성이 된 것 같아 우쭐한 마음이 들었다. 들킬 때도 있었고 그러지 않을 때도 있었지만 매번 아버지의 비행을 새엄마에게 일러바쳤다. 정희는 두 사람이 싸우는 모양을 보고 싶었다. 새엄마는 손톱을 세우며 아버지에게 달려들었지만 그녀가 다른 여자들과 달랐던 것은 끝까지 가정을 지켰다는 점이다.

결국 정희아버지는 피아노 대리점의 꿈을 실현시키지 못했다. 후하게 쳐주는 이자를 받아먹는 재미에 부잣집에 빌려준 돈을 몽땅 떼였기 때문이다. 동네에서 유일한 기름보일러 집이었고 고급제품이 아니면 입에 대지도 않던, 여섯이나 되는 올망졸망한 자녀들 모두에게서 귀티가 줄줄 흐르던 그 집의 사업이 폭삭 망해버리는 바람에 그렇게 되었다. 전적으로 새엄마가 진행했던 일이다. 정희아버지의 분노와 실망은 옆에서 차마 지켜볼 수 없을 지경이었다.

오랜 시간이 흐른 뒤 드디어 깊은 시름을 이겨낸 정희아버지가 맨 처음 한 일은 피아노 조율에 대한 공부였다. 정희아버지에겐 더없이 적당한 일이 아닐 수 없었다. 피아노 조율은 단순히 음을 맞춘다는 사실 외에도 부드러운 건반 터치와 음색을 고르고 정확하게 만들어준다는 의미가 들어있기에 음악에 관한한 남다른 재능이 있는 그로선 기막힌 선택이었다. 조율 기술을 가르치는 학원이 있을 턱이 없는 시골이라 도시의 헌책방을 뒤져서 교재를 구했다. 마침내 조율사 자격증을 획득한 후에는 마을 유일의 조율사로서 정희아버지는 맹활약을 하게 된다. 인생 제 이막을 새로이 열게 된 거다. 피아노가 고장 나도 마땅히 고칠 방도가 없던 그 마을 혹은 인근마을의 초·중·고등학교들이 특히 이 느닷없는 조율사의 출현을 반겼다. 페달이 삐걱댄다거나 페달을 눌러도 낮은음자리 부분이 안 먹힌다거나 피아노음이 정상보다 많이 울린다거나 건반이 내려가선 올라오지 않는다거나 하는 별의별 의뢰가 다 쇄도했다. 댐퍼페달이나 뮤트페달을 조정해주는 비교적 간단한 일에서부터 늘어진 피아노 현이나 핀을 조이는 일에 이르기까지 그는 그 일을 정말 사랑했다. 하지만 정희아버지는 끝내 몰랐던 거다. 정작 조율이 필요했던 건 피아노가 아니었다는 사실을.

    정희아버지는 자신의 사업을 보다 원활하게 운영하기 위

해 오토바이를 구입했다. 고객의 전화를 받으면 맨 먼저 가죽 가방을 챙긴 다음 스카프를 목에 두르고 베레모를 착용했다. 가방은 제법 묵직했다. 소리굽쇠라든가 튜닝해머 등 조율에 필요한 기구들이 가득 들어있었기 때문이다. 오토바이는 언제나 쏜살같이 달렸다. 아버지가 오토바이를 타고 나갈 때마다 정희는 그가 다신 돌아오지 않을지 모른다고 생각하곤 했다.

정희는 아버지의 오토바이를 타보고 싶었다. 하지만 반짝이는 자전거에 딸을 태워준 적이 없었던 것처럼 오토바이로 교체하고 나서도 그런 일은 일어나지 않았다.

정희는 고등학교 재학 중에 집을 나왔다. 엄마는 대낮에 장바구니 들고 나가서 영영 들어오지 않았지만 정희는 돈이 든 가방을 가슴에 꼭 끌어안고 한밤중에 가출했다. 반면 정희 오빠는 그곳에서 끝까지 버텼다. 할머니의 유산을 한 푼도 확보하지 못했다는 사실을 늘 억울하게 여겼던 만큼 챙길 수 있는 한 챙겨서 독립했다.

정희아버지는 귀가 어두워져 더 이상 일을 하지 못하게 될 때까지 내내 조율사였다. 고객들이 나이를 제대로 짐작할 수 없었던 만큼 그는 아주 오래도록 일을 할 수 있었다. 스카프가 목주름을 가려주었고 모자가 흰머리를 어느 정도 감춰주었으며 갈색 혹은 흰색 캉캉 구두를 신고 날 선 양복바지

차림으로 오토바이를 탔으니까. 그는 늙어서도 변함없이 날라리였다.

*

새엄마가 아직 정희네 식구가 되기 전의 일이고 아버지 나이 마흔 둘, 정희는 일곱 살이었다. 눈치 주는 안주인이 없던 탓인지 아버지가 외지에서 돌아와 머물 때면 정희네는 동네 남정네들로 북적였다. 진창 먹고 마시면서 흥청댔다. 이런 일에 익숙했던 정희는 소란스럽거나 말거나 졸리면 알아서 잠을 청했다.

그날도 여느 때와 마찬가지로 방에서 자고 있었는데 어느 순간 커다란 손의 감촉이 전해졌다. 정희는 그 손의 임자가 아버지라고 믿어 의심치 않았다. 포근하고 따뜻한 손이 얼굴을 쓰다듬으며 말했다. 다 큰 애기가 옷을 입고 자면 쓰나. 자, 착하지. 정희야 옷 벗자. 그러다 어느 순간 몸을 찢는 고통에 소스라치게 놀라 정신이 번쩍 들었을 때 바위덩이와도 같은 것이 정희의 작은 몸을 덮쳐누르고 있었다. 아무것도 보이지 않았다. 다만 과자 굽는 냄새가 정희의 후각을 자극했다. 아버지가 외지에 나갔다 돌아올 때마다 사오던 바로 그 전병 냄새였다. 골목 어귀에 위치하고 있는, 오래된 전통을 자랑한다는 바로 그 전병 가게에서 나는 냄새. 너무도 익숙한 냄새.

*

아버지가 허리에 손을 짚고 힘겹게 몸을 일으키자 정희는 자신도 모르게 재빠르게 몸을 숨겼다. 아버지와 마주할 마음의 준비가 덜 된 것일까. 아버지는 방으로 들어가 버렸고 방문도 닫혔다.

*

마을 사람들이 수군거렸다. 어린 나이에 쯧쯧, 혀를 차면서 안타까워했다. 그날 정희 집에 놀러왔던 사람들은 서로가 서로를 의심했다. 개중에는 반목하는 사람들도 생겨났다. 자신이 그랬다고 자백하는 사람은 끝까지 나타나지 않았다. 워낙에 잘 알고 지내는 처지다 보니 범인을 색출하기 위해 발 벗고 나서는 이도 없었다. 다들 뒷전에서만 가만가만 얘기했다.

당사자인 정희마저도 입을 다물었다. 어째서 그런 생각이 들었는지 모르지만 아버지가 그러길 원한다고 생각했다. 무언의 압박 같은 걸 느꼈던 것 같다. 정희아버지는 한 차례도 정희에게 묻지 않았다. 질문했더라면 똑 부러지게 설명할 수 있었다. 이름을 말할 수도 있었다. 그러나 정희아버지는 무슨 생각에선지 누가 그랬느냐고 묻지 않았다.

　세월이 흘렀다. 그날의 기억도 세월 속에 묻히는 듯했다. 그런데 정희가 고등학교 이학년에 재학 중이던 때 그 사건이 다시 마을에서 회자되기 시작했다. 어른들 가운데 슬기롭지 못한 어떤 자가 술김에 금기를 깨뜨렸다. 그날의 사건에 대한 얘기들이 들불처럼 온 마을에 번져나가기 시작했다. 그러니까 그동안 대놓고 말하지는 않았어도 비좁은 지방마을의, 주민 대부분이 토착민이던 그들의 가슴에 예전의 그 사건은 낙인으로 찍혀서 살아있었던 것이다. 일곱 살 어린아이를 마을 주민이, 그것도 피해아이 아버지의 친구 가운데 하나가 성폭행을 했다. 그럼에도 주민들은 끝내 범인을 색출하지 못했다. 아니 색출하지 않았다.

　따라서 주민들은 누구건 죄의식에서 자유로울 수 없었다. 그것은 원죄처럼 주민들에게 스며들어 있었다. 그들 모두가 숨을 거두기 전에는 결코 잊지 못할 끔찍한 사건임과 동시에 저마다의 가슴에 빚으로 남아있는 사건이었다. 그간 애써 화제에 올리지 않았을 뿐 영영 사라지지 않을 참혹한 사건이었다. 마을이 존재하는 한 그럴 것이었다.

정희는 낯을 들고 다닐 수 없었다. 어딜 가든 모두 자기 얘기만 하는 것 같았다. 도저히 마을에서 살아낼 자신이 없었다. 아침에 눈을 뜨는 것이 괴로웠다. 학교에도 갈 수 없었다. 딱 죽고만 싶었다. 죽으면 해결될 거라는 생각도 여러 차례 했지만 그러나 정희는 살고 싶었다. 살기 위해서는 마을을 떠나는 수밖에 없다고 결론을 내렸다.

*

"누구세요?"

이십 대로 보이는 여자아이가 정희를 빤히 보고 있었다. 자기 생각에 골몰하느라 정희는 누군가가 가까이 왔다는 사실도 알아채지 못했다. 여자아이는 가죽미니스커트에 착 달라붙는 터틀넥 스웨터 차림이었다. 재킷은 입지 않고 다만 손에 들고 있었다. 한눈에 보기에도 겉멋이 단단히 들어있는 모습이었다. 시골마을에서 이런 차림으로 다니다니 어지간한 배짱이 아니라면 가능하지 않을 일이었다. 쌀쌀한 날씨임에도 추운 기색이 느껴지지 않는 이유는 누군가의 자동차에서 방금 하차했으리라는 추측을 가능케 했다. 정희는 그녀의 정체를 대번에 알아챘다.

"누굴 찾아 오셨어요?"

여자아이가 재우쳐 물었다.

오빠를 통해 들은 바에 의하면 이 아이는 아버지를 그대로 빼다박았다고 한다. 툭 하면 집을 나가고 돈 떨어질 즈음 다시 나타나곤 한다는 아이. 자기 인생을 즐기는 일 외에 다른 것에는 가치를 두지 않았던 아버지가, 그러나 이 아이에게만큼은 마치 원한다면 목숨이라도 내줄 기세로 극진히 떠받들어 키웠다고도 했다. 아인 무절제한 사랑 속에서 성장한 나머지 아버지와 꼭 같은 방랑자가 되었다고 들었다. 정희에게는 단 한 차례의 기회조차 제공하지 않던 오토바이도 이 아이는 수시로 얻어 탈 수 있었을 것이다.

여자아이는 뭔가 상당히 바빠 보였고, 이내 대문 안으로 사라졌다.

*

새엄마는 거금을 떼인 후로는 아무도 신뢰하지 않았다. 돈이 생기는 족족 안방 금고에 넣어놓고 필요할 때 꺼내 썼다. 그 돈을 정희가 몽땅 털어갔다. 가방에 쓸어 담으면서 새엄마와 아버지에게 응어리져있던 원망을 속으로 되뇌었다. 이 돈은 나를 구박한 죗값, 이건 참고서를 사주지 않은 죗값, 이것은 날 외롭게 만든 죗값, 이것은 나를 마을에서 살지 못하게 원인을 제공한 죗값.

정희는 도시에 당도하자마자 미용실에 가서 머리모양을 바꾸고 예쁜 옷도 사 입었다. 목에는 스카프를 솜씨 있게 둘렀다. 그러면서 조금 웃었던가. 아버지처럼 스카프를 하다니, 하고. 스카프는 목에 나있는 칼자국을 가려주었다. 칼자국을 보이지 않게 만드는 것, 그것은 십 대의 정희에게 매우 절실한 문제였다.

마을사람들과는 더 이상 마주치지 않아도 되었지만 대신 일곱 살 정희가 시시때때로 존재를 드러냈다. 일곱 살의 정희가 원한 것은 성폭행범에 대한 강한 응징이었다. 어린 정희가 나타나면 정희는 폭주했다. 분노조절이 되지 않았다. 고개를 쳐드는 살의를 잠재우느라 고통스러웠다. 살기 위해 고향을 떠났듯 이번에는 살기 위해 정신의학과를 찾았다. 투약은 정희의 감정을 억제하는 역할을 수행했지만 대신 무기력을 선사했다. 이런 종류의 약들은 신경계를 둔하게 만드는 거라서 후유증을 감수해야 한다고 의사가 말했다. 시간이 갈수록 하고 싶은 것이 없어지고 즐거움이 사라졌다. 삶이 가치 없게 여겨졌고 따라서 더 이상 지속하고 싶지 않아 자꾸 딴 마음을 품게 되었다. 그러자 이제 의사는 우울증 약을 처방해줬다. 빠뜨리지 말고 복용해야 한다고 당부했다. 이번에도 약은 정희의 상태를 완화시켜 줬지만 하루 세 번 꼬박 먹지 않으면 온갖 것이 다 슬퍼서 견딜 수가 없었다. 비가 주룩주룩 내려도 눈물이, 헐벗은 나뭇가지에 눈길만 엊어도 눈시울이 더워졌다. 마을을 떠난다고 해결될 일이 아니었던 거다.

도시에서 정희는 종종 할머니를 추억하기도 했다. 정희는 철없이 저질렀던 불효에 대해 용서를 빌었고, 가만히 울었다. 정희 안의 일곱 살 아이도 함께 울었다. 종종 아버지의 바이올린 소리가 환청처럼 들릴 때도 있었는데 이때마다 정희는 의아한 생각에 사로잡히곤 했다. 아버지란 자가 어째서 제 자식에게는 아무것도 가르쳐 주지 않은 것일까. 바이올린은 그렇다 쳐도 피아노 치는 법 정도는 알려줬어야 마땅한 거 아닐까.

정희는 평생 아버지를 미워했다. 용서할 수 없었다. 그러나 또한 벗어날 수도 없었다. 혈연관계처럼 지독한 늪이 또 어디 있을까.

도시생활에 익숙해가던 어느 날 정희는 불안한 느낌에 사로잡혀 산부인과를 찾았다. 예감은 불행히도 적중했다. 도시에서 자고 먹고 놀고 마시면서 몇 차례 남자들과 연애를 했지만 이런 일은 처음이었다. 인공임신중절을 해야겠다고 결심했지만 무서웠다. 두려워서 차일피일 미루다 그만 시기를 놓치고 말았다. 뒤웅박처럼 둥근 배를 안고 고향에 내려갔다. 치욕 속에 아기를 낳았다. 일곱 살 정희가 스물넷 정희에게 속삭였다.

"고향에 돌아왔으니 그를 벌해."

정희는 그러나 차마 용기를 내지 못하고 이번에도 마을사람들 눈을 피해 도시로 숨어들었다. 아이를 낳아놓고 간 정희에 대해 마을사람들이 다시 수군댔다. 결국 저 아이가 저렇게 풀리고 말았구먼. 정희는 마을 최대의 화제인물로 일약 재등장했다.

정희는 마을을 떠났듯 나라도 등졌다. 단 한 명이라도 아는 사람이 없는 곳에서 살고 싶었다. 그렇게 모진 마음으로 떠났지만 어쩌다 보니 오빠와는 연락을 주고받는 사이가 되었다. 오빠로부터 자신이 낳았지만 아버지가 길러야 했던 아이 혹은 조율사로서 아버지의 활약상들을 간간이 전해 들었다. 네가 낳은 그 아인 아버지하고 똑같아. 쏙 빼닮았어. 덕분에 아버지가 고생 좀 하시지. 오빤 말끝에 킥킥 웃었다.

*

"아직도 안 가셨네요?"

여자아이는 새빨간 니트 원피스가 드러나 보이도록 롱코트의 앞 단추를 죄다 열어놓고 있었다. 옷을 갈아입기 위해 잠깐 들른 모양이었다. 탱탱한 종아리에 젊음이 서려 있었다. 아이는 또각또각 구두 소리와 함께 멀어졌다. 정희는 여자아이의 뒷모습을 멀거니 바라봤다. 아버지의 바이올린 소리가 늘리지 않았더라면 언제까지고 그러고 있었을지 모른다.

*

전병 가게가 아직도 영업하고 있을 줄은 상상조차 못하던 일이었다.

"아저씨. 저, 정희예요."

정희를 알아본 노인의 눈이 화등잔 만하게 커졌다. 정희가 한 걸음 다가가자 그가 한 걸음 뒤로 물러섰다. 정희가 또 한 걸음 다가서자 이번엔 두 걸음 뒤로 물러섰다. 노인은 부들부들 떨었다. 차마 볼 수 없을 지경으로 추했다.

노인의 격렬한 떨림이 마침내 멎었을 때, 그의 가슴은 새빨갛게 물이 들었다. 장미꽃잎처럼 붉디붉은 가슴팍에는 노인이 평생 사용했을 식칼이 깊이 박혀 있었다.

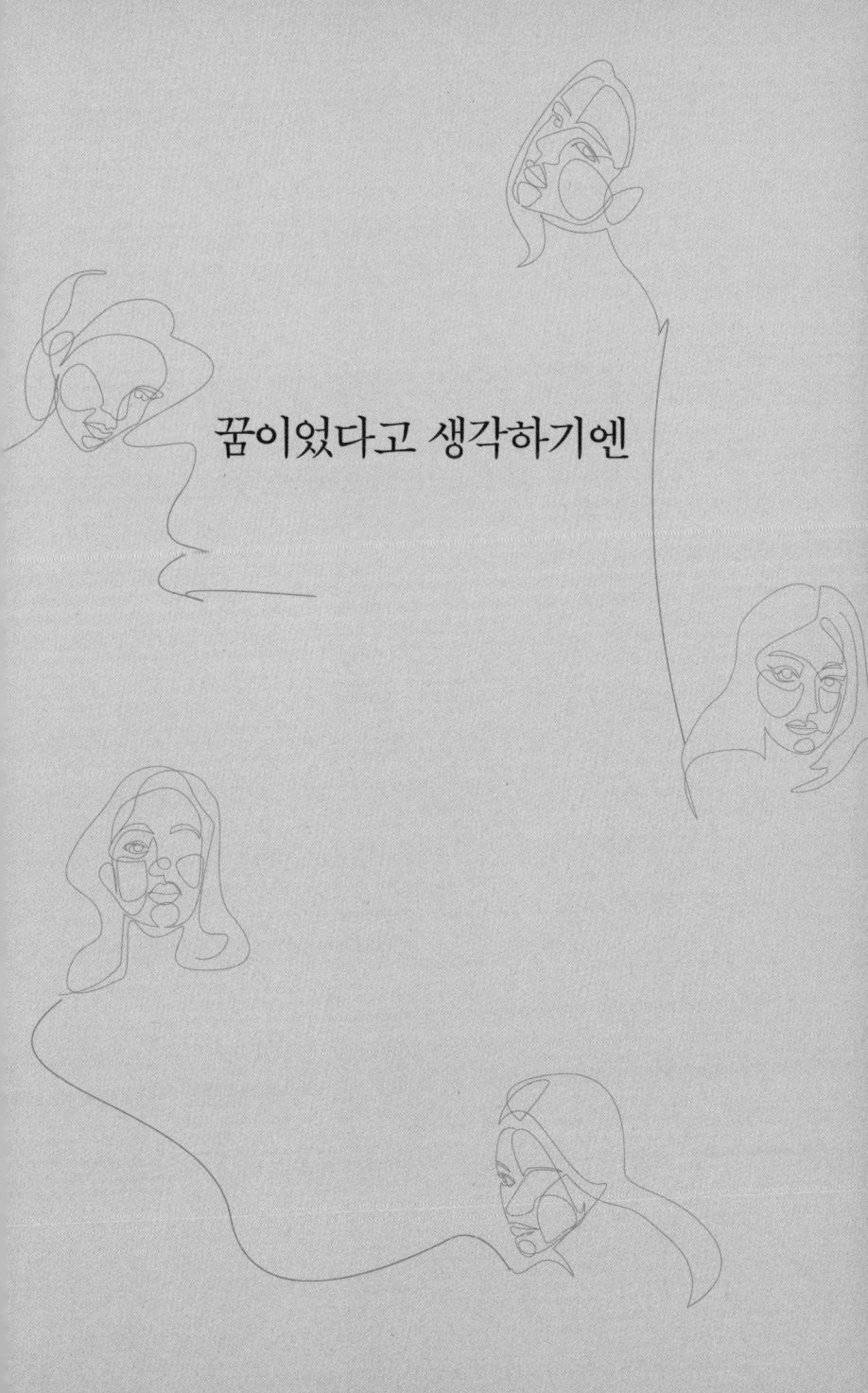

꿈이었다고 생각하기엔

때 : 겨울

장소 : 소극장 시어터제로, 홍대, 서울

1

극장은 무대와 객석을 합쳐 이십오 평 규모 정도 돼 보였다. 남자가 삼 개월 전까지 살던 공간과 얼추 비슷한 넓이였다. 사람들은 은연 중에 크기를 비교하며 살아가는데, 그건 더러 힘의 상징이 되기도 한다. 초등학교 이학년생인 남자의 아들이 말했었다. 아빠, 봉식이는 아파트에 살아. 사십 평이래. 되게 부자지? 담벼락에 금이 가있는 낡은 연립주택에서 살던 남자의 아들은 봉식이를 부러워했다. 남자는 알고 있었다. 아들 녀석이 부러워했던 건 사십 평이라는 크기의 공간이라기보다 봉식이네 아파트에 번듯하게 자리하고 있는 놀이터라는 걸. 남자가 살던 연립에는 놀이터가 없었다. 건설업자의 논리로 접근하자면 이렇다. 연립에 놀이터까지 짓자면 돈이 더 들어갈 것이고 돈을 더 들여서 짓고자 한다면 연립이 아니라 아파트를 지을 것이다. 또한 경제적 여유가 있는 사람이라면 연립에 살지 않을 테고 그러므로 굳이 돈 들여서 연립에다 번듯한 놀이터를 지을 이유가 없는 것이다. 이렇듯 연립주택이란 짤막한 낱말에는 옹색함과 가난이 함께 들어있다. 그건 굳이 발설하지 않아도 다 아는 사실이다. 아들 녀석도, 봉식이도 알고 있다.

한길을 가운데 두고 이쪽에는 연립이, 건너편에는 아파트가 자리 잡고 있었다. 아파트 주민들은 여간해서는 연립 쪽으로 넘어오지 않지만 연립 사람들은 어른 아이 할 것 없이 길 건너길 주저하지 않았다. 아이들은 놀이터 때문이고, 어른들은 그쪽에만 있는 유명 브랜드 슈퍼마켓 때문이었다. 구멍가게가 있을 뿐인 연립 쪽에선 다양한 물건을 구입할 수 없을 뿐더러 가격도 슈퍼마켓 보다 비싸다. 비가 억수같이 쏟아진다거나 한밤중이 아니라면, 연립 사람들은 좀처럼 구멍가게를 이용하지 않았다. 그런 주민들을 향해 구멍가게 주인은 눈을 흘기며 불평하곤 했다. 다 같이 못 사는 처지에, 라는 말도 빠뜨리지 않았다.

놀이터의 시설물 때문에 그곳으로 건너간 아이들은 경비원에게 내쫓기기도 한다. 외부 아이들이 놀이터를 다 차지한다는 아파트 주민들의 항의 때문이다. 남자의 아들을 비롯한 연립 아이들은 경비원으로부터 내몰리게 되면 새삼 자신과 아파트 아이가 다른 세상에 살고 있다는 점을 깨닫게 되고, 인간이라고 해서 모두 동일한 대접을 받는 것이 아니란 걸 인지한다. 하지만 같은 아파트라도 평수가 각기 달라서 거기서도 자본주의 논리가 적용된다. 이 논리는 연립 주민에게도 마찬가지로 해당된다. 또한 아파트나 연립 공히 같은 크기라 해도 집안을 채우고 있는 여러 가지 것들 즉 가전제품이나 장롱, 소파, 침대 등의 가격에 따라 다시 등급이 매겨지고 있는 게 현실이다.

남자도 예외가 아니어서 무엇이 됐건 습관적으로 크기를 저울질하며 살았다. 수입의 많고 적음부터 시작하여 직업상 어쩔 수 없이 비교하게 되는 승용차 배기량에 이르기까지. 아니 남자가 그랬다기보다는 아내의 습성이 남자에게 전이되었을 것이다. 남자는 본디 남들이 살아가는 모양새에 큰 관심을 가졌던 사람이 아니다. 어린 시절부터 늘 남보다 처져 살아왔던 탓일 수도 있다. 올라가지 못할 나무는 아예 쳐다보지도 말자는 것이 남자의 소신이라면 소신이었다. 말하자면 남자는 진즉부터 포기하는 법을 터득하고 있었던 거다. 그러나 남자의 아내는 달랐다. 남자는 아내를 행복하게 해주기 위해 정말이지 노력했었다.

이렇게 되기 전까지는 남자에게도 꿈이 있었다. 비록 작은 카센터에서 정비기사 노릇을 하고 있었지만 성실하게 살다보면 언젠가는 자신도 카센터를 소유할 수 있으리라고 믿었다. 남자의 꿈은 카센터 주인이었다.

소극장 시어터제로는 요란한 퍼포먼스로 확실하게 존재를 드러냈다. 남자가 관심을 갖게 된 건 이 때문이었다. 누구라도 걸음을 멈춰 구경했을 법한 그 특별한 쇼가 열린 날은 일요일 저녁 무렵으로, 남자는 홍대 주차장 거리 부근을 어슬렁대고 있었다. 평소라면 수십 대의 자동차가 주차되어 있었을 그곳이 이날따라 차 한 대 없이 말끔하게 치워져 있었고 바로 그 공간에서 근사한 극장개관기념 파티가 벌어지고 있었다. 거리 퍼포먼스가 끝나자 예사롭지 않은 옷차림의 사람들, 아마도 예술가들임에 분명한 한 무리가 독특한 외관의 한 건물로 들어갔다. 남자도 행렬에 섞여 계단을 올랐다. 달리 할 일도 없었을 뿐더러 상당히 흥미로워서였다. 극장은 삼층에 호젓하게 자리 잡고 있었다. 소극장 내부 벽면은 별도의 도색이 없는 노출 콘크리트였고 철제 구조물이 천장을 받치고 있었다. 인공미를 최대한 배제해서 시공한 것 같은 극장은 실험성을 강하게 드러내고 있었다. 자유로워 보이는 실내 인테리어였다. 불청객이었지만 그럼에도 남자는 이상하게 마음이 편했다. 내쫓기지 않을 거라는 안도감도 있었다. 사람들이 모두 그렇게 하고 있기에 남자도 덩달아 맥주를 가져다 마셨다. 맥주는 플라스틱 박스에 담겨서 그득 쌓여있었다. 맥주를 손에 든 사람들이 하나둘 객석에 앉기 시작하자 남자도 똑같이 따라했다. 잠시 후 머리카락이라곤 한 올도 없는 스킨헤드가 무대에 섰다. 두상이 동글동글하니 아름다운 삼십대 남성이었다.

　스킨헤드는 자신을 극장주이자 배우 겸 연출자라고 소개하면서 오늘은 축하할 만한 날이니 실컷 마시고 즐기라고 말하고는 무대 뒤로 사라졌다.

　잠시 후 극장주라고 자신을 소개했던 배우가 다시 무대에 섰다. 부분조명이 그를 비추자 웃고 떠들던 객석이 즉시 고요해졌다. 배우는 별다른 설명 없이 다짜고짜 자신의 성장기를 읊조렸다. 남자는 그러나 처음에는 무대 위의 배우를 주목하지 않았다. 의상도 특별히 갖춰 입지 않았고 분장도 하지 않은 연극배우에게 별 흥미가 느껴지지 않았기 때문이다. 남자는 맥주를 마시는 틈틈이 주위를 두리번대기 바빴다. 그러다 배우가 "······그 즈음 나의 유일한 놀이는 떠오르는 해를 바라보는 것이었습니다. 이렇게요." 하면서 눈을 동그랗게 만들어 한 지점을 뚫어져라 응시하자 비로소 남자도 다른 관객처럼 무대에 관심을 갖기 시작했다. 그곳에 태양을 상징할 만한 그 어떤 상징물이나 세트 같은 것도 존재하지 않았지만 배우가 온 힘을 다해 바라보는 대상이 태양이란 것 정도는 남자도 이해할 수 있었다. 남자는 배우의 연기에 관심을 가지기 시작했고 그제야 조금 전 입구에서 받아 챙긴 팸플릿을 펴보았다.

순서 1 : 마임 〈해를 바라보는 아이〉

세상에 태어나 처음으로 관람하는 마임이었다. 아내와 연애시절, 남들도 다 그런다기에 두어 번 연극을 보러 간 적은 있지만 재미없었다. 설사 흥미를 가졌다 한들 연극관람이란 남자가 자주 찾을 수 있는 성질의 것은 아니었을 것이다. 게다가 마임이라니. 남자는 번뜩 정신이 들었고 무대에 열중하기 시작했다.

배우의 스킨헤드가 조명을 받아 반짝인다.

배우의 얼굴이 점차 어린아이 것으로 바뀌기 시작한다.

완벽히 아이가 돼버린 배우가 떠오르는 해를 본다.

아이는 뚫어져라 한 곳을 응시한다.

아이가 눈 한번 깜빡이지 않고 보는 것은 이제 막 떠오르고 있는 해.

아이의 얼굴이 경이로움으로 채워지기 시작한다.

얼굴 가득 기쁨이 차오른다. 점점, 점점 더.

희열이 넘쳐나면서 볼이 발갛게 상기된다.

아이의 입이 조금씩 벌어진다. 급기야 활짝 웃는다.

아이의 표정이 변하기 시작한다. 천천히 아주 천천히.

눈이 충혈되어 간다.

발개진 눈에 눈물이 그렁댄다.

더 이상 눈이 부셔 해를 볼 수 없을 지경이 되자 그대로 스톱모션 되는 배우의 표정.

배우는 얼른, 다시 어른이 되었다.

바로 그 순간이었다. 배우를 따라 똑같이 표정을 바꾸던 남자에게 이상한 일이 일어난 것은. 남자의 몸이 공중으로 날아오르기 시작했다. 어느 새 한 마리의 풍뎅이처럼 어깨에 딱

딱한 날개가 돋아 있었다. 날아오르던 남자는 이제 날개를 접고 무대 위에 서있게 된다. 세트의 실내장식은 제법 화려했다. 벽걸이형 대형 텔레비전과 그 옆의 오디오 시스템, 크림색의 소가죽 소파, 최고급 카펫, 번쩍이는 장식장…… 아내의 소망이 거기에 집합해 있었다. 남자의 이마에는 사십 평이라는 글자가 문신처럼 새겨 있었다. 남자의 아들이 봉식이와 나란히 서서 남자의 이마를 가리키며 웃었다. 사십 평이래, 웃긴다. 아이들의 입 모양이 그랬다. 남자가 아이들을 향해 실쭉 웃어준 뒤 반쯤 열려 있는 안쪽 출입문을 밀고 들어갔다. 거기엔 자동차 부품을 비롯하여 온갖 자동차용 액세서리가 진열돼 있었다. 그곳에서 나와 또 다른 문을 밀고 들어가자 젊은 정비공 서넛이 얼굴 곳곳에 기름때를 묻히고 자동차 수리에 여념이 없었다. 남자가 등장하자 그들이 인사했다. 생전 처음 받아보는 예의바른 대접이었다. 고개가 푹 아래로 꺾이자 남자가 불현듯 눈을 번쩍 떴다.

"꿈이었네."

어느새 남자는 졸고 있었던 것이다. 맥주를 지나치게 마셔서 졸린 거라고 남자는 생각했다. 어쨌거나 기분 좋은 꿈이라 남자는 조금 행복했다.

2

 공연은 계속 이어지고 있었다. 스물네 시간 이어진다고 팸플릿에 나와 있었다. 남자는 입이 찢어져라 하품을 했다. 맥주 탓임에 분명했다. 공짜라고 자꾸만 마셔댔더니 몹시도 졸렸다.
 무대가 바뀌어 있었다. 사각의 투명아크릴 수조에 물고기 세 마리가 들어있었다. 맨 뒷자리 관객들에게도 잘 보일 정도로 커다란 물고기였다. 남자는 궁금한 마음에 팸플릿을 다시 들여다보았다.

 순서2 : 마임 〈삶과 죽음〉

 순간 남자는 물고기를 죽음에 이르게 함으로써 공연이 끝날 것임을 직감적으로 알았다. 마음이 불편해지기 시작했다.
 배우는 타이머를 삼십분에 맞춰 놓고는 해골이 그려져 있는 기름통을 번쩍 들어 커다란 무쇠솥에 부었다. 배우가 주머니 이곳저곳을 뒤지는가 싶더니 문득 남자를 향해 걸어왔다.
 "혹시 담배를 피우시나요?"
 남자가 얼결에 고개를 끄덕였다.

"그렇다면 성냥이나 라이터가 있으십니까?"

수줍음에 얼굴이 빨개진 남자가 얼른 성냥갑을 내밀자 배우는 성냥 한 개비를 꺼내 불을 붙인 다음 성냥갑은 도로 돌려줬다. 배우가 기름이 들어있는 무쇠솥에 불붙인 성냥을 휙 던졌다. 갑자기 치솟은 불길이 극장을 달궜다. 너울대는 붉은 불꽃은 퍽이나 화려하게 느껴졌다. 불빛을 받은 배우의 얼굴이 불처럼 붉게 빛나고 얼굴 윤곽을 따라 그림자가 만들어졌다. 배우는 민머리이기 때문에 그가 지어내는 표정은 보다 적나라하게 관객에게 전달되고 있었다.

배우는 같은 문장을 반복해서 빠르게 읊조렸는데, 남자는 알아들을 길이 없는 대사였다. 주문을 외우는 것 같아 보였다. 배우의 표정과 몸짓이 삶을 의미하는지 죽음으로 다가가려는 의식인지 남자는 알 수 없었다. 기이한 분위기가 극장에 번졌다. 불길이 거세짐에 따라 남자의 얼굴이 화끈거렸다. 맨 앞자리라서 그랬을 것이다. 배우가 연기하는 동안 수조의 물은 녹색 호스를 통해 옆자리의 양동이 속으로 빠져나가고 있었다. 남자는 침을 꼴깍 삼키며 배우와 수조의 물을 번갈아 봤다. 물고기는 시시각각 닥쳐오는 자신의 운명을 모른 채 부드럽게 유영하고 있었다. 물고기를 정말 저대로 죽게 내버려 둘 것인가. 남자는 초조했다. 남자는 이제 배우의 연기는 보지 않는다. 다만 물고기를 볼 뿐이었다. 배우도 연기하는 틈틈이 수족관을 흘낏댄다. 수조의 물이 다 빠져나가길 기다리는 것 같다. 드디어 물고기가 파닥이며 뒤척이기 시작한다. 남자는 조급함으로 입안이 바싹 타 들어간다. 남자의 호흡이 높아지고 있었다. 배우의 호흡도 빨라지고 있었다. 남자와 배우의 호흡이 일치하는 순간, 수조가 드디어 바닥을 드러내자 물고기가 극렬하게 펄떡였다. 단말마의 고통이 남자에게 고스란히 전해졌다. 그러다 이윽고 물고기의 움직임이 표시나게 둔해졌다. 물고기는 자신이 왜 그래야 하는지도 모른 채 죽음에 직면했다.

정말 죽었을까. 남자는 고개를 길게 빼고 물고기를 보다가 자신도 모르게 벌떡 일어서서 무대로 뛰쳐나갔다. 남자는 물이 빠져나가버린 수족관과 수족관의 물이 옮겨간 양동이를 번갈아 보다가 참지 못하겠다는 듯 양동이를 들어올린다. 남자가 양동이의 물을 수족관에 도로 부어버리자 물고기는 다시금 자신에게 부여된 삶을 감지하고 조용히 지느러미를 움직여본다. 아주 조심스럽게 한 번, 또 한 번. 물고기는 드디어 자신감을 얻은 듯 움직임이 빨라진다.

연극을 망쳐버린 남자를 배우는 난감한 표정으로 바라보았고, 관객은 숨을 죽였으며, 남자는 당황했다. 남자는 자신이 했던 행동이 믿어지지 않았다. 남자가 기억하는 한 자신의 생애에서 이렇듯 용기 있게 행동해 본 적은 한 차례도 없었던 것 같다. 남자는 속으로 생각한다. 뭐 그러니까 이것도 꿈일 거야, 라고.

3

홍대 주차장 거리에 오기 전, 남자는 아들과 함께 스티커사진을 찍었고 그중 한 장을 지갑 안쪽에 붙여뒀다. 아들의 얼굴을 잊지 않기 위해서였다. 남자는 아들과의 작별을 스티커사진으로 마무리했다. 어쩌면 라면이라도 사먹였어야 했는지 모른다. 아들은 아빠가 실물보다 젊게 나왔다며 흡족해하면서 사진을 자꾸 내려다보았다. 다행인 것은 아들이 울지 않았다는 사실이다. 뭘 모를 정도로 어린 나이도 아니었고 또 모든 걸 알만큼의 연배도 아니었다. 아들은 적당한 수준에서 남자를 이해하려 했고 제법 의젓하게 보이려고까지 했다. 남자와 아들 둘 다 자신들의 이별에 대해 제법 의연하게 대처할 수 있었던 건 그간 유사사례를 학습해왔기 때문이다. 텔레비전이란 교육기관은 이러한 사태에 대비한 훈련을 쌓기에 적당한 매체였다. 가족해체는 이 땅에서 더 이상 새로운 사실도 아닐 뿐더러 언제부턴가 흔한 일이 돼버렸다. 행복이라는 파랑새를 찾아 가출한 엄마를 둔 아이가 어디 남자의 아들뿐이겠는가. 하지만 가족 몰래 전세금을 빼서 달아나버린 엄마를 둔 아이는 많지 않을 것이다. 남자의 아들은 바로 그러한 여자를 엄마로 가진 아이였다.

실은 남자가 가난했던 건 어제오늘의 일이 아니다. 3.3킬로그램의 몸무게로 세상에 대고 울음을 터뜨렸을 때부터 가난을 손에 쥐고 태어났다. 남자의 아버지 대로부터, 아니 그 이선 증조 고조부 때부터 가난했었다. 남자의 집안은 가난을 유산처럼 물려주면서 면면이 이어왔다. 경제적인 여유가 없었으므로 자식을 제대로 가르칠 수 없어 도약이 불가능했고, 돈을 불릴 만한 기본적인 자금마저 없었기에 가난은 세습될 수밖에 없었다. 고래심줄 같은, 대를 이어 내려오던 가난이었다. 노력했지만 밑바닥 인생에서 헤어날 수 없었던 남자의 부모는 아들에게 자신과 똑같은 삶을 대물림할 수밖에 없었고, 이제는 남자의 아들에게까지 이어지게 될 판이었다. 남자의 아들은 이미 제 엄마를 잃었고 아버지와도 생이별했다. 장래를 알 수 없는 아이가 되어버렸다. 그러니 특별한 일이 발생하지 않는 한 남자의 아이도 남자처럼 살게 되기 십상이다.

남자는 학창시절 성적이 좋았다. 공부를 잘하는 사람이

별로 없었던 남자 집안에서는 개천에서 용이 났다면서 좋아했다. 그럼에도 진로를 결정해야 할 시기가 되자 남자는 응당 그래야 하는 것처럼 실업계에 동그라미를 쳐서 제출했다. 부모와 상의할 필요조차 없는 일이었다. 그건 타고난 남자의 운명이었다. 그는 일찌감치 자동차 정비기술을 익혀, 또래들이 부모 덕으로 대학 입학금을 낼 무렵 이미 첫 월급을 탔다. 남자는 착실히 돈을 모았고 결혼했으며 자식을 낳아 길렀으며 연립이나마 독채에서 살았다. 그러니까 이렇게 되기 전까지는 어엿한 직업이 있었고 등 따시게 지낼만한 스위트홈이 있었다는 얘기다. 다니던 카센터가 망해버린 게 원인이었다. 지레 희망을 놓아버린 아내가 전세금을 빼내서 도망쳐버렸다. 남자와 남자의 아들은 생판 듣도 보도 못한 낯선 자에게 집을 내줘야 할 상황에 내몰렸다. 아들을 재우고 돌볼 집이 없어졌으니 보호소에 맡길 수밖에 없었다. 둘은 작별의식으로 사진을 찍었다. 부자는 각각 왼쪽 뺨과 오른쪽 뺨을 맞붙이고 본능적으로 활짝 웃었다. 사진이란 오래 보존해야 하는 속성을 지니고 있는 거라 평소의 얼굴보다 잘 나와야 한다는 의식이 둘 모두에게 잠재해 있어서 비록 비극적인 상황에 처해있을지라도 웃는 게 좋을 거라 생각했다. 둥근 두 얼굴을 하트와 별, 원 같은 것들이 둘러싸고 있는 스티커사진 아래쪽에 영문자가 찍혀있었다. 남자가 아들에게 설명했다.
"이건 웃고 살라는 뜻이야. 스마일이라고 읽지."
남자의 아들이 남자를 따라했다.
"스마일. 웃고 살라는 뜻."
언젠간 데리러 올 것이라 아들은 남자를 믿었고, 남자 역시 낙관적인 생각을 가지고 있었다. 그때까지는.

4

스물네 시간 지속되는 공연이었다. 남자가 자리를 지킬 수 있었던 건 인내심 덕이 아니라 이보다 더 좋은 잠자리가 없었기 때문이다.
자다깨다를 반복하는 바람에 지금 하고 있는 것이 몇 번째 공연인지 가늠할 수 없었다. 무대에 집중하려고 노력했지만 뜻대로 되지 않았다. 다량의 맥주를 들이켠 덕분이다. 겨울밤을 따스하게 보낼 수 있게 해주고 술과 다른 먹을거리도 제공해준 극장 측에 대한 예의는 공연을 열심히 관람하는 것이라고 남자는 생각했다. 그러나 천근이나 되는 듯 무거운 눈꺼풀은 남자의 의지를 배반하고 자주 닫혔다.
어느 순간, 남자는 이상한 느낌에 언뜻 눈을 떴다. 조명이 남자를 향해 쏟아지고 있었으며, 배우라 짐작되는 다섯 명이 팔짱을 끼고 남자를 쏘아보고 있었다. 눈이 부셨던 남자는 팔을 들어 빛을 가렸다. 조명이 다른 곳으로 향하길 기다렸지만 빛은 방향을 바꾸지 않았다. 불편해진 남자가 일어섰다. 그가 무대 쪽으로 걸어간 것은 뭔가 잘못됐다는 걸 배우들에게 알려주기 위해서였다. 하지만 웬일인지 조명은 끈질기게 남자를 따라왔고 배우들의 시선 또한 남자의 움직임을 쫓았다. 이윽고 남자가 무대에 서자 배우들이 하나 둘 객석으로 자리를 옮겼다. 혹은 앉고 또 더러는 섰다. 배우 중 하나가 남자를 향해 소리쳤다.

"당신은 꿈이 있지요?"

"그렇습니다."

"여긴 꿈을 배달하는 극장입니다."

다른 배우가 물었다.

"당신의 꿈은 무엇인가요?"

잠시 망설이던 남자가 용기 내어 말했다.

"나는 카센터의 주인이 되는 것입니다."

"당신은 그 꿈을 이룰 수 있습니다."

"나는 정말이지 단 하루라도 걱정 없이 살아보고 싶습니다."

"당신은 충분히 그럴 수 있습니다."

"나는 내 아들을 데려와 함께 살고 싶습니다."
"안 보이십니까? 당신의 아들은 이미 여기 와있습니다."
 배우들이 번갈아 가며 한 마디씩 했다. 그러고 보니 객석에 남자의 아들이 있었다. 봉식이도 함께 있었다. 아들과 봉식이가 남자를 보고 웃었다. 남자의 눈에 눈물이 어렸다. 눈물이 방울 되어 굴러 떨어지자 남자의 고개도 아래로 처졌다. 남자는 퍼뜩 잠에서 깨어났다. 순서를 알 길 없는 공연은 계속되고 있었다.

5

 어두컴컴했지만 사물을 식별할 정도는 되었다. 철골에 매달려 있는 조명 기기를 일삼아 세어보니 육십 개가 넘었다. 무대는 관객이 내려다보게끔 설계되어 있었으며 무대세트는 카센터였다. 무대 한가운데에 출입구가 있기에 남자가 문을 열고 들어갔다. 문 안쪽은 카센터 사무실이었다. 손거울을 들여다보던 소녀가 발딱 일어나 인사했다. 남자는 마치 언제나 그래왔던 것처럼 책상 위의 장부를 꼼꼼하게 들여다봤다. 남자는 문득 오늘이 월급날이라고 생각했다. 어째서 그런 생각이 들었는지는 그 자신도 모른다.

"모두 들어오시라고 해요."

남자의 말에 원피스 자락을 팔랑이며 나간 소녀가 정비기사들과 함께 들어왔다. 남자는 서랍을 열어 월급봉투를 그들에게 나눠줬다. 받는 사람의 자존심이 상하지 않도록 최대한 예를 갖추는 것도 잊지 않는다.

남자는 월급을 받을 때면 거의 언제나 수치심과 굴욕에 시달렸다. 봉투가 얄팍했기 때문이 아니라 사장들의 태도 때문이었다. 남자가 그간 모셨던 사장들은 자신의 직원이 일하지 않았다면 한 푼도 손에 쥘 수 없다는 사실을 깨우치지 못하는 것 같았다. 직원 하나하나가 다 소중하고 고마운 존재라는 걸 남자는 누구보다 잘 알고 있다. 남자는 자신이 진정으로 그들 모두를 아끼고 있음을 가슴 벅차게 느낀다.

"딱!"

손가락 두 개를 맞부딪쳐 튕기는 소리가 들림과 동시에 무대세트가 온데간데없이 사라졌다. 잠시 어안이 벙벙하긴 했지만 남자는 객석을 향해 꾸벅 절했다. 남자가 생각해도 이상할 정도로 지극히 자연스러운 행동이었다. 남자는 어느새 배우가 되어 있었다. 극장주가 그를 보고 웃었다. 그는 이번에는 검은 색 털모자를 쓰고 있었다.

"당신은 꿈을 꾸었군요."

배우가 털모자를 벗고 반짝이는 민머리를 두어 번 긁더니 도로 뒤집어썼다.

"이것이 꿈이란 말이죠?"

"이 극장은 잃어버린 꿈도 찾아드립니다."

"과연 찾을 수 있을까요?"

"모든 건 마음먹기에 달렸지요."

이 말을 끝으로 배우는 사라진다. 이때 난데없이 음악이 나오지 않았더라면 언제까지고 그렇게 서있었을지 모른다. 처음엔 징을 울리는 소린 줄 알았다. 징소리라 여겼던 소리는 곧이어 드럼과 어우러졌고 격렬한 사운드가 극장에 울려 퍼졌다. 다들 어디에 가 있다가 오는 것인지 많은 사람들이 무대를 채우기 시작했다. 커다란 스크린에서는 진한 화장을 한 뮤지션들의 뮤직비디오가 상영되고 있었고 사람들은 이 시간을 기다렸다는 듯 열정적으로 몸을 흔들었다. 남자는 혼란스런 마음으로 스크린과 사람들을 번갈아 봤다. 너무도 비현실적인 상황이었다. 사람들 속에 아내가 섞여있어 더욱 그랬다. 자세히 보니 아들과 봉식이도 있었다. 아내는 허리가 잘록한 원피스에다 값비싸 보이는 모피를 목에 감고 있었다. 늘 입곤 했던, 발목까지 내려오는 헐렁한 고무줄 치마 차림이 아니었다. 못 보던 사이 아내는 많이 변했다. 플라스틱 슬리퍼를 꿰고 있던 발에는 은색 하이힐이 신겨져 있었다.

6

아마도 극장건물 옥상인 듯했지만 확신할 수는 없었다. 차가운 바람이 얼굴을 때리는 가운데 남자와 아내가 마주보고 서있었다.

"돌아와."

아내는 아무런 말도 하지 않았다. 남자는 자신의 입술이 얼어붙어 아내가 제대로 알아듣지 못했다고 판단했다. 그래서 다시 말했다.

"우리 예전처럼 살자."

"예전처럼? 예전처럼, 어떻게?"

남자는 말문이 막혔다.

"백 번 양보해서 그때처럼 살 수 있다면야 뭐 돌아갈 의향이 없진 않아. 하지만 불가능하잖아? 직장도, 살아갈 집도 없잖아."

"그건……"

그건 당신 탓이잖아, 라고 말하고 싶었지만 아내가 토라져 버릴까봐 남자는 말을 꿀꺽 삼켜버린다.

"돌아가지 않을 거야."

"우린 그럼 어떻게 되는 거지?"

"나는 가난이 싫어."

아내가 모피를 만지작댔다. 아내는 결코 돌아오지 않을 거였다. 모피를 몸에 두른 사람이 월남치마를 입어야 하는 생활로 되돌아올 리 없다. 무엇보다 아내의 태도가 글러먹었다. 미안한 기색이라곤 눈곱만큼도 없었다. 괘씸했다. 아들을 보호소로 내몬 여자였다. 유일했던 재산을 훔쳐서 달아난 여자였다. 불현듯 생겨난 증오심이 남자를 불태우기 시작했다. 맹렬한 감정이었다.

"나는 당신을 해칠 수도 있어."

"당신이? 나를?"

"그럴 수 없을 것 같아?"

"당신이 그럴 수 없다는 건 내가 더 잘 알아. 당신은 어떠한 용기도 없는 졸장부지."

남자는 모욕감을 느꼈다. 아내는 많은 사장들이 남자를 보던 시선과 똑같은 눈 모양을 하고 있었다. 문득 돌이켜보자니 아내는 항상 그런 눈빛으로 남자를 봤던 것 같다. 남자는 수치심에 얼굴이 달아올랐다. 남자가 짐짓 성난 표정을 지어 보이면서 다시 물었다.

"내가 무섭지 않아?"

아내가 소리 내어 웃었다. 그 바람에 모피가 살랑댔다. 남자는 모피가 거슬렸다. 모피가 아내를 망쳐버린 것 같았다. 아내에게서 모피를 빼앗아 멀리 던져버리고 싶었다. 남자가 모피를 향해 팔을 뻗으려는 찰나 아내가 남자를 비웃었다.

"무섭지 않느냐고? 웃기시네."

정말 웃겨 죽겠다는 듯이 아내가 깔깔거렸다. 동물의 털이 다시금 이리저리 움직였다. 아내는 그러나 오래 웃을 수는 없었다. 왜냐하면 아내가 소리 내어 웃던 순간과 남자가 그녀의 몸을 들어 올린 것과 아내가 맨 아래층 바닥으로 떨어져 내린 것이 거의 동시에 일어났으니까. 아내의 발에서 떨어져 나온 은색 하이힐이 곤두박질쳤고 허리 잘록한 원피스는 깃발처럼 펄럭였다.

"당신은 아내를 미워했지요? 죽이고 싶었겠죠?"

어느 순간 나타난 극장주가 묻는다. 남자는 그렇지 않다고, 이건 실수라고 중얼댔다.

"처음엔 잘해보려고 했어요. 그런데 아내가 자꾸만……"

"당신의 속마음을 자세히 들여다보세요. 여긴 꿈을 배달하는 극장이라고 했죠? 당신은 또 하나의 꿈을 이룬 것입니다."

극장주는 바람이 때리고 간 민머리가 시린 듯 쓱쓱 문지르더니 손에 들고 있던 털모자를 뒤집어썼다. 그는 이내 어두컴컴한 계단으로 사라졌다.

남자는 갑자기 꿈을 배달한다는 극장이 두려워지기 시작했다.

어느새 남자는 다시 객석 맨 앞자리로 돌아와 있었고 공연은 지속되고 있었다.

배우가 말했다.

"휴대폰은 켜놓으세요. 오는 전화도 받고, 용무가 있다면 거셔도 좋아요. 옆 사람과 이야기를 하고 싶다면 얼마든지 하세요. 이런 곳에 와서까지 주눅이 들고, 긴장할 필요가 있습니까? 모든 건 관객 여러분 마음대로 하세요. 편안한 마음으로 구경하세요. 하지만 주무시는 건 절대 허락하지 않겠습니다."

수런대는 분위기, 웃음소리, 부스럭대는 소리 같은 것들이 한꺼번에 남자의 귀를 쑤셔댔다. 남자는 그 속에서 왠지 나른했다. 자꾸 잠이 왔다. 다른 건 다 해도 잠은 자지 말라고 했지만 남자는 다른 건 다 참아도 쏟아지는 잠만은 도무지 어찌할 도리가 없었다. 남자는 안간힘을 쓰며 몇 번이나 눈을 끔벅이다 드디어 내려앉는 눈꺼풀에 항복하고야 말았다. 팔짱을 끼고 객석 깊숙이 몸을 기댔다. 따스하고 포근했다. 남자는 깊은 잠에 빠져들었다.

7

붉은 지프 한 대가 소극장 시어터제로의 필로티 주차장에 도착했다. 지프에서 내린 이는 검은색 털모자를 눈썹까지 내려쓴 극장주였다. 그는 나선형 계단을 경중경중 뛰듯이 올랐다. 계단을 오를 때마다 입술에서 하얀 입김이 새어나왔다. 살을 에는 듯한 추운 날이었다. 극장에 다다르자 그가 번호키에 손가락을 갖다 댔다. 막 숫자를 누르려던 찰나 물체 하나가 그의 눈에 띄었다. 언뜻 봐도 사람임에 분명했다. 가까이 가서 들여다보니 어떤 남자였다. 팔짱을 낀 모습으로 잔뜩 웅크린 채 콘크리트 벽에 기대어 앉아 있었다. 자는 것처럼 보였지만 알 수 없는 일이었다. 어쨌든 그대로 둘 수는 없었다. 극장주가 남자를 깨울 요량으로 그를 툭 쳤다. 크게 힘을 주지 않았음에도 남자는 그대로 폭삭 쓰러졌다.

남자는 얼어 죽어 있었다.

극장주에게 남자는 낯설지 않았다. 기억이 맞는다면 남자는, 닷새 전 극장 개관식 때 여기 있었다. 극장주가 남자를 기억하는 이유는, 그는 결코 초대받은 인물이 아니었을 뿐더러 엄청난 양의 술을 계속 마셔댔기 때문이다. 분위기와는 어울리지 않는 추레한 행색의 남자가 쉬지 않고 병나발을 불어대니 사람들이 흘끔거렸고 극장주 역시 그를 예의주시했다. 혹시 말썽이라도 부리면 어쩌나 걱정하는 마음으로 틈틈이 남자를 살폈던 것이지만 다행히 불미스러운 일은 일어나지 않았다.

그날, 몇 편의 짧은 공연이 있었고 가볍게 먹을 수 있는 음식에다 협찬 받은 맥주들도 충분했다. 성공적인 개관식이었고 다들 즐거워했다. 행사 막판에 더 프로디지* 음악을 내보낸 것은 더없이 좋은 계획이었다. 강렬한 비트와 함께 뮤직비디오가 나오자 사람들이 괴성을 지르며 몸을 흔들었다. 특히나 그 밴드의 히트곡 스맥 마이 비치 업**이 나올 즈음엔 극도로 분위기가 고조됐었다. 더 프로디지는 극장주가 가장 좋아하는 밴드다. 음악이 끝남과 동시에 개관 행사도 막을 내렸고, 그날 이후로 오늘에 이르기까지 극장은 잠겨있었다. 극장주가 외국에서 개최된 행위예술 페스티벌 참가 차 출국했기 때문이다. 해외 공연을 성공적으로 마친 그는 조금 전 입국해

---

* The Prodigy : 영국의 3인조 일렉트로닉 밴드. 공격적이고 격렬하며 강력한 비트가 특징이고 메탈 분위기를 낸다. 하드코어 테크노의 제왕이라 불리기도 한다.
** smack my bitch up : The Prodigy 3집 〈The Fat of the Land〉 (1997) 수록곡. 여성혐오로 보일 수 있는 제목과 폭력적이고 선정적인 뮤직 비디오로 인해 논란의 대상이 되었다.

서 공항에 주차했던 지프를 타고 곧장 극장으로 온 터였다.

극장주는 남자 옆에 떨어져 있는 지갑을 주워서 펼쳐봤다. 귀퉁이가 닳아빠진 얄팍한 지갑 속에는 주민증이 있었고 스티커사진이 부착되어 있었다. 아들일 거라 짐작되는 사내아이와 남자가 다정하게 얼굴을 맞대고 있는 사진이었다. 사진 아래쪽에는 스마일이라는 영문자가 있었다. 남자 주위로는 까맣게 타들어간 성냥개비들이 산만하게 흩어져 있었는데, 얼마나 많이 그어댔는지 성냥갑이 텅 비어 있었다. 성냥갑 겉면에는 돋을새김으로 '꿈'이라고 새겨져 있었다. '꿈'은 극장 건물 이층에 있는 카페 이름이다. 개관식이 열리던 날 카페직원이 판촉용 성냥이 잔뜩 들어있는 종이박스 하나를 갖고 올라와 손님들에게 나눠줬었다.

남자가 무수히 켜고 또 켰을 성냥불을 극장주는 상상해본다. 성냥불은 남자의 언 몸을 녹여주진 못했을망정 사진 속 남자아이 얼굴 정도는 희미하게나마 보여줬을 것이다.

노래방 여자

시나운 바람이 광장을 휘젓고 지나간다. 바닥을 구르던 가랑잎이 일제히 솟구쳐 오른다. 미옥의 시선이 이파리들을 따라 위로 향하다가 내려온다. 어깨가 절로 움츠러들 정도로 추운 날씨에 미옥이 부르르 몸을 떤다. 가랑잎들이 미옥의 몸 여기저기 붙었다가 떨어지기도 한다. 개중에는 등 쪽에 달라붙은 것도 있다. 만일 눈치 챘더라면 가차 없이 떼어냈을 테지만 등 뒤의 것까지는 알 수 없었다. 쉰두 살이 되기까지 내내 무거웠던 등허리였다. 그러니 등에 뭔가가 붙어있단 걸 알았다면 그것이 혹여 검불이었다 해도 털어냈을 거였다.

"나도 어쩔 수 없어. 엄마가 외국에서 살기 싫다고 하잖아."
남동생이 미옥에게 엄마를 모셔다 주면서 했던 말이다.

"엄마가 그랬어? 외국에선 살지 않을 거라고, 정말 그렇게 말했어?"

미옥은 눈앞에 동생이 있기라도 하듯 소리 내어 따져 묻는다. 홀로, 수십 번 되뇌던 질문이다. 그 말을 밖으로 끄집어내고 보니 조금쯤 개운한 느낌이 없잖아 있어서 그리하여 미옥이 한 차례 더 반복해서 물어본다.

"엄마가 그렇게 말한 거 맞아? 말해보라고."

미옥의 입 가장자리가 실룩대다 멈춘다.

처음엔 일말의 의구심도 없었다. 그러나 갈수록 남동생 부부를 의심할 만한 정황이 드러났다.

가랑잎이 또 하나, 오른쪽 눈썹 부근에 내려앉았다.

"너 지각생이로구나."

떼어내 들여다보니 단풍이 제대로 들지 못해 얼룩덜룩한 것이 아무에게도 사랑받지 못하게 생겼다. 이런 것들은 책갈피로도 선택되지 못한다. 그저 바닥에서 구둣발에 짓밟히다 사라질 뿐이다. 미옥은 이파리를 놓아버리고는 대신 제 손바닥과 손등을 번갈아 뒤집었다 엎었다 하면서 내려다본다. 특별한 이유 없이 오래도록 본다. 푸른 실핏줄과 얼기설기 그어져 있는 손금, 손가락 마디마디 생겨나있는 주름, 끝에 달려있는 손톱 같은 것들도 자세히 본다. 그러다 문득 제 손을 이렇게 꼼꼼하게 관찰한 적이 없었다는 것에 생각이 미친다. 물론 그건 중요한 문제는 아니지만 이처럼 세밀하게 들여다보자니 자신의 손이 이 가랑잎만큼이나 사랑받지 못하게 생긴 것 같다. 미옥은 왠지 서럽다. 불운했던 그간의 삶이 못생긴 손 탓이나 되는 것처럼 제 손이 싫다. 그래서 주먹을 꽉 움켜쥔다.

미옥은 엑스자로 메고 있던 메신저가방을 앞으로 잡아당겨 덮개를 젖힌 다음 비닐봉지를 꺼낸다. 땅콩이나 건포도, 말린 무화과, 멸치 같은 것들이 뒤섞여 들어있는 비닐봉지다. 미옥은 봉지에서 쥐포를 꺼내 입으로 가져간다.

오늘은 세 탕을 뛰었다. 아홉시 경 들어간 방의 손님은 부부처럼 보이고 싶어 했지만 결코 부부사이가 아니란 것쯤 대번에 알 수 있는 중년의 커플이었다. 미옥이 들어갔을 때 테이블에는 소주병과 맥주병이 섞여서 놓여있었다. 공손히 인사하자 남자손님이 우선 술 한 잔 하실래요? 하더니 소주병을 집어 들었다. 그가 작은 잔에 삼분의 일 가량의 소주를 채워 맥주 컵에 따르더니 그 위로 다시 맥주를 콸콸 소리 나게 부었다. 사이다같은 하얀 거품이 일었다. 손님이 권할 때 마시지 않으면 예의가 아니므로 미옥은 기꺼이 잔을 받았다. 노래는 알아서 취향대로 부르면 된다고 주문했다. 자기들은 노래에 소질이 없어 듣기만 할 거라고도 했다. 그들이 술을 섞거나 마시는 동안 미옥은 노래했다. 특별한 신청곡도 없던 터라 알아서 선곡했다. 분위기를 늘어지게 만들어도 좋지 않을 테고 그렇다고 과하게 발랄하게 불러도 좋지 않을 것 같아 눈치껏 했다. 노래하는 동안 옆 눈으로라도 그들을 보지 않았지만 특별히 애정행각을 벌이는 것 같진 않았다. 이런 일을 하다 보면 뒤통수에도 눈이 생겨나기 마련이다.

자리가 파하자마자 귀신같이 휴대전화가 부르르 떨었다. 은하수노래주점으로 가서 박 양을 지원사격하라는 회사의 문자였다. 미옥은 즉시 십 분 거리에 있는 목적지를 향해 출발했다.

미옥이 은하수노래주점에 도착해서 은하1방에 들어갔을 때 박 양은 오십 대로 보이는 카키색바지 남자와 춤을 추고 있었다. 카키색바지의 살찐 손바닥이 박 양의 엉덩이에 밀착되어 있었지만 박 양은 크게 괘념치 않는 태도였다. 또 다른 남자손님인 줄무늬셔츠는 왕년의 대학가요제 수상곡을 열창하고 있었고 대머리와 곱슬머리는 나란히 앉아 술을 들이켜고 있었다. 테이블에는 잭다니엘스 한 병과 양주얼음통, 콜라 등이 치즈, 과일, 한치구이 안주와 함께 놓여있었다. 줄무늬셔츠는 노래가 끝나자 미옥에게 마이크를 넘겼다. 부탁해요, 라고 그가 말했다. 미옥은 이번에도 쉬지 않고 노래했고 그동안 네 사람은 번갈아서 박 양을 끌어안고 춤췄다. 은하1방에서 미옥은 느린 박자의 노래만 선곡했다.

박 양도 미옥과 마찬가지로 노래방도우미다. 미옥보다 최신곡도 더 많이 알고 있는 젊은 여자였다. 그런데 은하1방의 손님들은 박 양에게서 목소리보다는 육체의 소리를 원했고 따라서 여흥을 북돋아줄 다른 노래도우미를 필요로 했다. 손님들의 청을 받들어 박 양이 회사에다 재빠르게 전화했고 그 연락이 미옥에게 다시 간 것이다. 미옥이 은하1방에 들어간 지 한 시간가량 지났을까 남자들과 박 양은 함께 어울려 노래방을 나갔다. 아마 박 양은 다른 때보다 좀 더 많은 수입을 올릴 수 있을 것이다. 잘된 일이지. 암, 그렇고말고. 돈 많이 버는 게 장땡인 거야. 미옥은 그들이 박 양을 후히 대접해주기를 진심으로 바랐다. 쉰둘의 미옥에게는 일어나지 않을 일이다.

은하수노래주점의 일이 끝나기 무섭게 미옥은 건물 밖으로 나왔다. 도로변에는 검정색 스타렉스가 주차되어 있었다. 먼저 탑승해 있던 두 노래도우미가 미옥을 보자 고개를 까딱이며 인사했다. 미옥은 회사에서 가장 원로급에 속하는 노래도우미였다. 보도방 스타렉스는 미옥을 이십 분 거리 신명노래방 앞에 내려주고는 쏜살같이 출발했다. 보도방 스타렉스는 항상 바쁘다.

신명노래방 손님들은 탬버린을 신나게, 아주 신명나게 두드려줄 것을 요구했다. 노래방의 상호가 '신명노래방'이란 점에 대해 잠깐 말을 주고받은 후에 저희들끼리 키득키득 웃더니 미옥에게 주문한 내용이었다.

"신나게, 신명나게 흔들어 주세요."

그들은 습관인 듯 맥주를 한 번에 싹 들이켜곤 했는데, 그때마다 방이 떠나가라 외쳤다. 원.샷. 하고.

그들이 비틀대며 나가자 미옥은 남아있는 안주를 비닐봉지에 눈치껏 옮겨 담았다. 이때 어느 정도는 남겨놓는 게 요령이라면 요령이랄 수 있다. 먹을 걸 갖다 주면 아이처럼 좋아하는 엄마 때문에 미옥의 호주머니엔 언제나 투명 지퍼백이나 비닐봉지가 준비되어 있다.

미옥은 왼손 오른손 번갈아가면서 묵지근한 팔을 연신 주무른다. 바람은 느닷없이 왔다가 사라지기를 되풀이한다. 탬버린 테가 무수히 와 닿았던 왼쪽 손바닥이 화끈거렸다.

애초에 선택의 여지란 건 없었다. 엄마가 잠든 후에 할 수 있는 일이라야 하는데 아무리 궁리해 봐도 몇 되지 않았다. 목욕탕 폐점 시간에 하는 바닥청소 아르바이트도 해보고 고

깃집 불판 닦는 일도 해봤지만 몸이 견뎌내질 못했다. 결국 노래방 도우미를 시작했다.

엄마는 이틀째 설사로 고생 중이다. 그럼에도 식탐은 줄어들지 않아 그릇 부딪치는 소리, 수돗물 소리만 들려도 입맛을 다시며 주방으로 들이닥쳤다. 그 통에 미옥도 요 며칠 변변히 식사다운 식사를 하지 못했다. 정신이 멀리 달아날수록 엄마의 식탐은 점점 더 심해지고 있었다. 엄마가 어떤 상황에 놓여있다 해도 미옥은 반드시 일을 나가야 했다. 미옥이 벌지 않으면 두 사람 다 산 입에 거미줄 치는 수밖에 없기 때문이다. 입술 꽉 붙이고 도리질하는 엄마를 간신히 붙잡아 앉혀 약을 먹였고, 자는 걸 확인한 후에야 비로소 차려입고 일을 하러 나왔으며 이제 노래방 일도 다 끝나 집에 가는 길이다.

미옥은 쥐포를 먹는 사이사이 연신 팔뚝을 주물렀다. 최대한 느릿느릿 걸었다. 가능한 한 귀가시간을 늦추고 있었다. 혹시 그럴 수 있다면 영영 들어가고 싶지 않았.

다시 강한 바람이 광장을 한 차례 휩쓸고 지나가자 종잇조각 하나가 팔랑대며 날아온다. 종이는 미옥의 발치께에 내려앉는다. 요즘은 보기 힘든 나이 지긋한 여가수 M의 얼굴이 인터뷰기사와 함께 인쇄되어 있다. M처럼 되고 싶다는 열망을 품은 적이 있다. 물론 오래전 얘기다. 미옥은 종이를 가만히 굽어보다 팔을 뻗어 줍는다. 잡지에서 낱장으로 떨어져 나와 폐지신세가 되어 여기까지 날아온 것이리라. 미옥은 구겨진 종이를 손 다림질한 다음 바닥에 내려놓는다. 그러고 보니 광장 바닥은 어느새 나뭇잎이 카펫을 이루고 있었다. 발밑의 감촉이 제법 괜찮다고 생각하고 있는데 이때 희미한 소리가 미옥의 청신경에 포착되었다. 소리는 끊어지는가 하면 이어지고 이어지는가 하면 다시 끊겼다. 호기심을 자극하긴 했지만 크게 신경 쓸 수 없었던 건 엄마를 너무 오래 혼자 나뒀다는 자각이 언뜻 일었기 때문이다. 엄마에 대한 의무감에 걸음을 재촉해보지만 마음과는 달리 발걸음 떼는 게 쉽지 않았다. 소리의 정체를 모르는 채 귀가하고 싶지 않았다. 미옥은 보다 정확히 듣기 위해 손을 둥글게 말아 귓바퀴에 갖다 댔다. 숨소리 조차 내지 않은 채 주의를 기울였으나 그래도 알 길이 없었다. 미옥은 소리 나는 쪽으로 직접 가보기로 작정했다. 몇 분 늦는다고 엄마한테 돌이킬 수 없는 어떤 일이 생기진 않겠지, 라고 자기위안도 해본다. 소리의 근원지는 쓰레기통으로 짐작되었다. 작고 여린, 끊어질듯 이어지고, 멈췄다가 다시 들리는 애달픈 소리는 쓰레기통 가까이 가니 보다 분명해졌다. 이제 미옥은 그것이 어떤 소린지, 무엇이 내는 소린지 명확히 알게 되었다. 그러자 돌연, 두려웠다. 커다란 녹색 쓰레기통에는 뚜껑이 붙어 있었는데, 뚜껑을 열면 그 즉시 돌이킬 수 없는 일을 저지르고 말 것 같았다.

고민하다 어렵게 그곳을 떠나지만 몸이 천근이나 되는 것처럼 무거웠다. 한 걸음 두 걸음 힘겹게 걷는 순간에도 소리는 줄곧 미옥을 따라왔다. 어쩌면 포기하기 싫은 미옥이 소리를 붙들고 있는 건지도 몰랐다. 미옥은 두 손으로 양쪽 귀를 틀어막았다. 세 걸음 네 걸음 그리고 열 걸음. 미옥은 걸음 수를 일삼아 세다가, 그러다가 열한 번째 발자국을 떼는 순간 휙 몸을 돌렸다. 다시 쓰레기통에 근접했을 때 이번엔 망설이지 않고 뚜껑을 열어젖혔다. 쓰레기통에는 미옥이 상상하던 거의 그대로의 광경이 벌어져 있었다. 작은 종이상자 그리고 그 안에 들어있는 갓난아기. 언제 고민했나 싶게 미옥의 얼굴이 환하게 피어올랐다. 부글부글 웃음이 괴어올랐다. 입술이 경련하듯 씰룩였다.

"마침내 돌아왔구나. 아가야."

아기는 앙증맞은 두 주먹을 꽉 그러쥐고는 버둥대고 있었다. 미옥의 양쪽 입아귀가 샐쭉 올라갔다. 이어 그녀의 입에서 희미한 웃음이 새어 나왔다.

"ㅎㅎㅎ."

미옥의 입술이 또 다시 두어 번 더 씰룩댔다. 누군가 그 모양을 보았더라면 괴이하다고 여길 만큼이나 비정상적인 반응이었다.

　아기는 힘차게 울었다. 말을 할 수 없는 아기들에게 울음은 존재의 외침이다. 살아있음을 알리는 본능적인 신호인 것이다. 자신의 존재를 알리기에 이보다 더 강력하고 정확한 신호는 없을 것이다. 오랜 발버둥 탓인지 애초에는 작은 몸을 단단히 감쌌을 모포가 마구잡이로 풀어헤쳐져 있었다. 아기는 어떠한 옷도 입고 있지 않았다. 발가벗은 몸의 색은 '살색'이었다. 어릴 적 도화지에 사람얼굴을 그릴 때 반드시 사용하곤 하던 '살색'이 실제의 모습으로 눈앞에 있었다. 그러나 실은 이 모든 게 그토록 명료하게 보였을 리 없다. 어둑어둑한 광장이었으니까. 미옥은 그 와중에도 생각한다. 아무리 봐도 이것 참 비현실적인 색이네. 세상에는 검은 피부도 하얀 피부도 있는데 어째서 '살색'은 살색을 하고 있는 것일까.

　아기는 이제 더 이상 울지 않았다.

　"아가야 돌아와 줘서 고마워."

　미옥의 눈 주변이 발갛게 달아올랐다. 찔끔 눈물이 났다. 젖은 눈꼬리를 손끝으로 눌러 닦으면서 주변을 살폈다. 미옥의 눈동자가 희번덕였다. 누군가 숨어서 자기를 훔쳐보는 것이나 아닐까 염려되었다. 어인 까닭인지 길고양이조차 눈에 띄지 않는 수상쩍은 밤이었으니까.

새벽은 아기를 자기 것으로 만들기엔 더없이 완벽한 시점이었다. 메신저가방을 한껏 뒤로 물린 미옥이 종이상자를 들어올렸다. 가슴이 뻐근했다. 두 뺨 위로 눈물이 흘러내렸다. 아기가 드디어 돌아왔다고, 먼 길을 돌고 돌아 마침내 자신을 찾아낸 거라고 생각했다. 미옥은 상자를 힘껏 끌어안았다. 코트를 벗어 상자를 감쌀 때 찬바람이 다시 또 거리를 쓸고 달아났다. 붉거나 노랗거나 갈색의 가랑잎들이 바람을 타고 우르르 공중으로 날아올랐다가 내려오기도 하고 대굴대굴 굴러가기도 했다. 미옥의 입술 사이에서 노래가 흘러나왔다.

"가랑잎 때굴때굴 어디로 굴러가."

미옥과 남동생과 여동생, 삼남매 모두가 어렸던 시절, 그리고 아버지가 생존해있던 그 따스하던 때, 엄마가 아이 셋을 이불속에 뉘이고 가만가만 불러주던 노래였다. 노래는 이렇게 이어진다.

"벌거벗은 이 몸이 춥고 추워서."

당시 엄마는 젊었으며 충분히 예뻤다. 이제부터는 미옥도 같은 노래를 아기에게 불러줄 수 있을 거다. 그러면 아기 또한 훗날 자신을 예쁜 엄마로 기억해 줄 것이라고 미옥은 상상했다. 노래는 이렇게 끝이 난다.

"따뜻한 부엌 속을 찾아갑니다."

노래를 다 부른 미옥이 궁금함을 이기지 못해 코트를 살짝 들추니 아기는 눈을 뜨고 있었다. 아기의 눈은 동그랬고 속눈썹이 유난스레 길었다.

"인형 같아."

미옥이 우물우물 혼잣말을 하면서 슬쩍 웃는다.

주인집의 모든 방에 불이 꺼져있다는 사실에 미옥이 안도한다. 옥탑방에 살고 있다는 게 얼마나 다행인지 몰라. 사생활이 거의 완벽하게 보장되는 곳이잖아? 미옥은 오늘따라 자신의 옥탑방이 썩 흡족하다. 그래서 특별한 일이 일어나지 않는 한 앞으로도 이곳에서 계속 거주하리라 다짐한다. 아기는 이제 옥탑방에서 자라게 될 것이며 미옥이 그렇게 성장했던 것처럼 가랑잎 노래를 듣게 될 것이다. 미옥은 가파른 철제계단을 조심조심 오른다.

현관문 열쇠를 열쇠구멍에 넣고 오른쪽으로 돌리자 딸깍 맑고 경쾌한 음향이 적막을 깬다. 드물게 기분 좋은 밤이라고 미옥은 생각한다. 그러나 그것도 잠깐, 현관문을 여는 순간 지긋지긋한 현실과 마주해야 했다. 산발을 한 엄마가 현관 앞에 서있었다. 발치께에는 오줌이 낭자하고 젖은 잠옷은 통통한 두 다리를 휘감고 있다. 기저귀는 바닥에 팽개쳐져 있었다. 엄마는 자고 있어야 했다. 다른 때엔 절대 그런 짓을 하지 않지만 일 나갈 때에 한해 수면제를 먹이기 때문이다. 서두르느라 지사제만 먹이고 수면제는 깜빡했을까. 그랬을 수 있다. 미옥은 자신을 탓했다.

　엄마는 엄지를 입안에 집어넣고 빨아대고 있었다. 엄마야 그러거나 말거나 본체만체하고 미옥은 종이상자와 함께 실내로 들어온다. 아기를 덮고 있던 코트도 벗겨내 옷걸이에 건다. 가랑잎 하나가 붙어서 집안까지 따라왔다는 사실을 미옥은 그제야 알게 된다. 미옥은 이파리가 징그러운 벌레라도 되는 것처럼 진저리치면서 떼어낸다. 아기를 패브릭 소파베드에 뉘었다. 스펀지가 터져 나와 폭삭 주저앉은 소파베드다. 이사 들어오기 전부터 있던 것을 버리지 않고 사용 중이다. 아기는 조용했다. 드디어 엄마를 찾았으니 편안히 오래오래 잘 것이다, 라고 미옥은 생각했다.

　느닷없이 세상에 나왔던 아기가 있었다. 배가 뒤틀리듯 아파서 근린공원 공중화장실에 들어갔다. 아랫배에 힘을 주자 아기가 미끄러져 나왔다. 당시 미옥은 대학생이었다. 어안이 벙벙했다. 아기란 엄청난 신체의 고통 속에 어렵게 태어나는 존재로 알고 있었다. 부지불식간에 벌어진 일이라 어떻게 해야 할지 모른 채 덤벙대다가 가장 손쉽지만 또한 가장 나쁜 선택을 하고 말았다. 그때도 아기는 조용했다. 울지 않았다. 어쩌면 미옥이 기억하지 못하는 것일 수도 있다. 당황했고 정신이 없었으니까. 화장실 안에 놓여있던 작고 푸른 플라스틱 휴지통은 아기가 들어가기에 알맞았다. 아기를 거기 넣은 후 하염없이 휴지를 풀어 덮고 또 덮었고 그것보다 더 많은 휴지를 사용해서 신체의 아랫부분을 닦아냈으며 또한 겹겹이 쌓아서 팬티라이너를 만들었다. 너무도 떨린 나머지 한 손으로 다른 손을 부여잡고 그 모든 행위를 수행해야 했다. 어서 자리를 모면해야 한다는 것 외엔 다른 어떤 생각도 할 수 없었다. 세상을 살아오는 동안 그때처럼 두려움에 사로잡힌 적은 없었던 것 같다. 뒤도 돌아보지 않고 달리다가 문득 정신을 차렸을 때, 그땐 현장으로 돌아갈 용기가 없었다.

정말 이상한 일이었다. 미옥은 어려서부터 결혼에 대해 골똘히 생각하던 아이였다. 좋은 남자 만나 행복하게 사는 꿈을 키우며 살던 소녀였다. 미옥은 전문직 여성의 삶에는 크게 관심 없었다. 흔히 하는 말로 현모양처, 그것이 미옥이 바라던 미래였다. 초등학교 시절의 어느 날을 떠올려본다. 그날 미옥은 청소당번이었다. 청소를 마치고 아이들과 교실에서 놀고 있었다. 무슨 놀이였는지까지는 기억에 없지만 가지런히 줄을 맞춰놓은 책상과 걸상 사이를 뛰어다녔다. 그러다 넘어지면서 책상 모서리에 이마를 세차게 부딪치게 되는데 눈앞에 몇 개의 별이 떠다녔다. 아팠지만 울지는 않았다. 아이들이 외쳤다. 혹이다! 깜짝 놀라 이마를 만지니 과연 혹이 생겨나 있었다. 소름이 끼치도록 무서웠다. 미옥이 무서움에 떨었던 이유는, 이마에 혹이 생겼으니 어떤 남자하고도 결혼할 수 없을 거라는 상상 때문이었다. 현모양처가 꿈이었던 미옥으로선 엄청난 일이 발생한 것이었다. 절망에 사로잡힌 미옥은 그제야 울었다. 아파서 운 것이 아니었다. 사십 여년이 흐른 지금도 미옥은 간간이 그때의 일을 머릿속에서 굴려보곤 한다. 그러면서 자신이 걸어왔던, 또한 걷고 있는 현재의 삶을 다시금 더듬어보기도 하는 것이다. 미옥은 또한 종종 생각한다. 이마에 혹이 났던 그 시절이 자신의 전 생애를 통틀어 가장 밝았던 시절이었을 거라고. 아버지가 있었고 건강한 엄마와 귀여운 두 동생이 함께 어울려 살던 화목하던 때였다.

어린 시절을 회상할 때 함께 떠오르는 기억들은 언제나 교실인데, 진초록의 칠판과 눈처럼 새하얀 백묵, 교실 뒤쪽에 커다랗게 자리하고 있던 코르크보드 등이 환히 눈앞에 펼쳐진다. 코르크보드에 자신의 그림이나 종이작품 등이 붙어본 기억은 없으나 대신 미옥은 노래를 썩 잘했다. 오락시간이면 불려나가서 유행가를 멋들어지게 불렀다. 그러나 그 재능을 올바르게 펼칠 일이란 평생 주어지지 않았다. 인생은 미옥에게 매번 직구 대신 커브볼을 던졌다. 그 변화구를 미옥은 받을 수 없었다. 미옥은 자신의 인생이 틀어질 때마다 지치지도 않고 생각했다. 일테면 아버지가 좀 더 오래 살았더라면, 자신이 둘째나 혹은 셋째아이로 태어났더라면, 혹은 맏이로 태어났다 하더라도 맏이라는 책임감에 스스로 얽매이지 않았더라면, 엄마가 자립심 강한 여자여서 자식들을 현명하게 건사했더라면, 하는 생각들 말이다.

십 대 시절 미옥은 매주 월요일마다 두발과 복장검사를 실시하던 엄격한 여학교에 다녔다. 단정한 복장과 반듯한 단발머리를 강조하던 학교였다. 엄하기로 소문난 학년주임에게 걸리지 않으려면 한 달에 한번 정도는 머리를 규정대로 잘라야 했는데, 그러다 보니 단골미용실이란 게 생겼다. 집 근처에 있는 미용실이었다. 여주인 혼자 꾸려가던 소규모 미용실이라 대기시간 없이 머리를 자르고 나오는 일이란 극히 드물었다. 기다리는 동안 손님들은 비치돼 있는 잡지를 읽는 것으로 시간을 때웠다. 저급한 삼류주간지들이 대부분이었고 여성지로 분류되는 월간지도 있었다. 그것들은 매주 혹은 매월 신간으로 바뀌었다. 어찌나 재미있던지 어느 땐 부러 손님이 많이 몰릴 것 같은 시각에 간 적도 있을 정도였다. 학생신분이었던 미옥으로서는 미용실이 아니라면 좀체 볼 수 없던 책들이었으니까.

그 미용실을 드나드는 손님들 대부분이 콜걸이라 불리는 성매매여성이란 사실을 알게 된 것은 상당기간이 지나서였다. 태어나 처음으로 듣게 된 단어, 콜걸. 그 이름을 가만히 입술에 담을 때마다 미옥은 왠지 에로틱한 감상에 젖어들곤 했다. 그 때문인지 콜걸이 그다지 나쁘게 여겨지지 않았다. 거기 드나드는 동안 미옥이 한 번도 제 또래 아이들과 마주친 적이 없었던 이유는 부모들이 자신의 자식들로 하여금 그 미용실에 드나드는 걸 금지시켰기 때문이다. 또한 같은 이유로 착실한 주부들도 결코 그 미용실에 제 머리를 맡기지 않았다. 미옥은 이 사실에 대해서도 가끔 회상한다. 내 엄마는 어째서 자기 딸을 그토록 방치했을까.

남대문시장과 남산 케이블카 승강장이 지척에 있고 몇 개의 여관들이 밤이면 불을 밝히기도 하던 동네였다. 대로변으로 나가면 큰 호텔도 두엇 있었으며 패션일번지라 불리는 명동이 널따란 도로 건너편에 있었다. 미옥이 살던 동네의 공식 지명은 회현동이었다. 미옥은 어른의 간섭과 통제 없이 회현동과 명동과 남대문시장 언저리를 되는대로 쏘다녔으며, 문학서적 대신 미용실 잡지를 탐독하면서 십 대를 흘려보냈다.

미옥의 아버지는 일찍이 세상을 떴다. 사인은 과로사였다. 가족을 위해 밤낮으로 일만 하다 죽었다. 아버지가 일찍 간 것에 대해 미옥은 엄마의 역할도 적잖이 있었다고 생각한다. 엄마는 평생 생산적인 일을 할 줄 몰랐다. 소비를 미덕이라 여겼는가는 모르지만 아무튼 미옥의 엄마는 저축이란 것도 하지 않았다. 미옥의 기억이 맞는다면 엄마는 당시 유행처럼 번지던 친목계조차 들어본 적이 없다. 자신의 삶 전체를 아버지에게만 의탁했던 엄마는 느닷없는 아버지의 공백에 갈피를 잡지 못했다. 얼마간 남아있던 재물을 곶감 꼬치에서 곶감 빼 먹듯 하던 엄마는 수중의 돈이 떨어지자 그 집에 전세로 주저앉는다는 조건을 달아 집을 팔았다. 미옥네는 집 매매대금에서 전세보증금을 제외한 차액으로 생활하기 시작했다. 이삿짐을 싸고 푸는 것조차 겁낼 정도로 엄마는 혼자서는 아무것도 할 수 없던 사람이었다. 집이라도 지키고 있었더라면 부동산 경기가 좋았던 시절이니 그걸 발판으로 일어설 기회가 주어졌을지도 모른다. 아무 일도 하려들지 않는 엄마를 미옥은 그 당시에도 도저히 이해할 수 없었다. 돌이켜보면 어쩌면 엄마는 우울증이나 무기력증 같은 증상에 시달렸을 수도 있을 거라 여겨지는 면도 있긴 하다. 갑자기 변화된 환경에 적응을 하지 못하면 그럴 수 있다. 어쨌든 가장으로서의 책임과 의무를 소홀히 한 엄마 때문에 살림살이는 나날이 궁핍해져갔다. 엄마는 그 동네를 떠나고 싶어 하지 않았으며 따라서 미옥의 단골 미용실 역시 내내 그대로였고 당연하게도 여전히 여러 콜걸을 접할 수 있었다.

  콜걸들은 저희들끼리 대화하다가 어떤 대목에 가면 음탕하게 숨죽여 웃기도 했다. 특별히 비밀스런 대화를 해야 할 때엔 미성년이던 미옥을 흘끗대면서 일본어를 사용했다. 그러니까 회현동 인근에 살고 있던 당시의 그 여성들은 대부분 일본 관광객을 상대로 성매매를 하고 있었던 것이다. 개중에는 일본인의 현지처도 있었는데 그녀들은 제법 안정된 생활을 누리고 있었다. 비싼 옷을 입었고 미용사에게 팁도 곧잘 주곤 해서 특급대우를 받았다. 무엇보다 미옥은 그녀들의 유창한 일본어 구사력이 제일 부러웠다. 미옥도 일본어를 잘하고 싶었다. 그리하여 마침내 일어교재를 구입해서 독학으로 공부를 하게 되었는데, 심지어는 대학까지 일어일문학과로 진학하기에 이르렀다.

  그리고 마침내, 미옥도, 콜걸이 되었다. 처음엔 단지 자신의 대학 등록금이라도 마련해 보자는 취지로 시작한 거였지만 집안의 생활비가 발목을 잡아서 쉽게 그만둘 수 없었다. 두 동생의 학비를 책임져야 할 입장으로까지 내몰렸을 땐 가슴팍까지 진구렁에 잠겨버린 후였다. 자신의 딸이 착실히 내놓는 돈의 출처를 엄마는 절대로 묻지 않았다. 새벽에 귀가해도, 외박을 해도 모른 척했다. 미옥은 수렁에 빠지고 말았다. 그 와중에 결코 누군지 알길 없는 한 남자의 아기가 미옥의 몸속에 자리 잡았다.

세월이 흐름에 따라 남동생과 여동생도 차차 학생신분에서 직장인이 되었고 또 몇 년이 지난 뒤에는 배우자를 맞아 차례로 미옥으로부터 독립했다. 생활이 안정되는대로 엄마를 모셔가겠노라 둘 다 약조하고 떠났다.

남동생이 약속을 지키긴 했다. 시일이 지나치게 오래 걸리긴 했으나 약속을 이행하긴 한 거다. 두 해 전 일이다. 그때 동생이 그랬다. 미안해 누나. 늦었지만 이제 누나도 자기인생을 살아야지, 라고.

'내 인생을 살라고? 내 나이 쉰인데?'

미옥은 목구멍까지 치받고 올라오는 말을 꿀꺽 삼켰다.

그로부터 이 년 후 엄마는 다시 미옥에게 인도되었다.

"나도 어쩔 수 없어. 엄마가 외국에서 살기 싫다고 하잖아."

돌아온 엄마의 행동에서 수상쩍음을 인지하던 순간 동생 내외의 이민이 엄마와 헤어지기 위한 방편으로 결정됐을 수도 있다는 의심이 들었다. 의심은 이후 확신이 되어 미옥을 괴롭혔다. 고통스런 감정이 칼날을 세우고 일어났다.

　엄마의 퇴행을 처음 알게 된 것은 벽면 곳곳에서 아이가 그렸음직한 서툰 낙서가 등장하고부터였다. 그제야 비로소 며칠간에 걸쳐 발생한 수상쩍었던 엄마의 행동이 이해되었다. 미옥을 보고는 여동생의 이름을 부른다거나 어째서 아버지의 귀가가 늦어지는가에 대해 질문을 던지기도 했다. 분명히 남동생 집에서도 벌어졌을 법한 일이다. 분했다. 화가 났다. 잊었다고 생각하던 예전의 악몽이 다시 존재를 드러낸 것은 바로 이 시기부터였다. 아니던가? 남동생이 엄마를 맡기고 가던 바로 그날 밤이었던가? 아기는 매일매일 가냘프게 울었다. 미옥은 끔찍한 이명에 시달리기 시작했다.

　미옥은 베드소파에 누워있는 아기를 내려다본다. 아기는 고요했다. 어느새 다가온 엄마도 목을 길게 늘여 미옥의 행동을 그대로 흉내 낸다. 미옥이 아기를 보듬어 안고 가만가만 맴돌면 이 역시 그대로 따라한다. 그런 엄마를 바라보면서 미옥은 정신을 놔버리고 사는 것도 그리 나쁘진 않겠다고 생각한다. 심지어는 엄마가 부럽기까지 하다.

　이튿날 날이 밝자 미옥은 아기용품 가게에 들렀다. 토끼가 그려진 이불세트와 겉싸개, 분홍빛 플라스틱 욕조와 목욕

스펀지, 손바닥만 한 가제수건과 동물형상을 한 모빌, 신생아용 양말과 옷 한 벌, 젖병과 분유, 친환경 천기저귀 따위를 욕심껏 구매했다. 신용카드 한 장 만들 만한 신용조차 쌓지 못한 미옥은 가지고 있는 현금을 이용하여 그 모든 것들을 샀다.

유아용품 가게를 나서는 미옥은 설렜다. 무언가로 인해 가슴 뛰는 일, 오랜만에 느껴보는 감정이었다. 미옥은 자신에게 엄마가 될 기회를 부여해준 아기가 고마웠다.

아기는 울지도 보채지도 않았다.

"순둥이구나. 벌써부터 효도를 하네."

미옥은 기쁜 마음으로 젖병을 소독하고 분유도 탔다. 우유를 섞느라 젖병을 흔드는 동안에는 노랫가락이 절로 흘러나왔다.

"가랑잎 때굴때굴 어디로 굴러가……"

엄마도 함께 따라 불렀다.

"벌거벗은 이 몸이 춥고 추워서 따뜻한 부엌 속을 찾아갑니다."

어설픈 이중창이 집안에 울려 퍼졌다.

노래하고 탬버린 두드려대고 손님이 원하면 술잔도 얼마든지 비워내면서 미옥은 어느 때보다 열심히 그 모든 일을 해냈다. 일 나가는 것 외엔 좀체 바깥출입을 하지 않던 미옥이었지만 아기를 데려오고부터는 외출이 잦아졌다. 아기는 미옥을 변화시키고 있었다. 코끼리가 그려진 아기 띠를 구입하는가 하면 유모차를 사들고 오기도 했다. 또 어떤 날엔 멜로디 오리가 든 쇼핑백과 함께 귀가했다. 한꺼번에 모든 걸 다 살 수 없는 경제사정이 아쉽긴 했지만 그럼에도 아기가 주는 행복감은 엄청났다. 리모컨으로 조절하는 자동흔들침대를 구입하고자 마음먹었을 땐 특히나 성대에 무리가 올 지경으로 노래했다. 분명 시기상조임에도 도형 쌓기까지 구매했다. 아이와 함께 블록 쌓기 하는 상상을 하다 보니 마음이 급해 참을 수 없었다. 미옥이 그 무엇보다 원한 건 아기의 말문이 틔는 것이었다. 제일 듣고 싶은 말은 엄마, 라는 단어였다. 생각만으로도 눈물이 났다. 가까운 미래에 소형자동차를 마련하리라 작정한 미옥은 심지어 카시트까지 구매하기에 이르렀다. 순서가 바뀌긴 했지만 크게 개의치 않았다.

어쩐지 단골손님이 안쓰러웠던 가게 판매원이 유아용품 대여점 전화번호를 넌지시 알려줬지만 미옥은 귀담아 듣지 않았다. 남이 쓰던 걸로 아기를 키우고 싶지 않았다. 딴엔 사장 모르게 호의를 베푼 것이지만 손님이 들은 척도 하지 않자 판매원은 무안했다.

버는 족족 물건을 사들이다 보니 급격히 생활고가 찾아왔지만 멈출 수 없었다. 단지 딸랑이 하나 사기 위해 가게에 들른 적도 있었다.

얼마간 뜸하던 미옥이 가게에 다시 나타났을 때, 그녀는 붉은색 유모차를 골랐다. 두 눈이 휘둥그레진 판매원이 지난번에도 같은 상표 같은 색깔의 것을 사갔다며 만류했다. 미옥은 잠깐 궁리하는 것 같더니 단호하게 말했다.

"그럴 리 없어요!"

판매원은 지갑을 꺼내는 미옥을 자꾸만 흘금댔다.

평생에 걸쳐 경제사정이 넉넉했던 적은 없었어도 빈털터리는 아니었다. 그러나 이젠 사정이 달라졌다. 고민 끝에 보도방 업주에게 선불을 당겨달라고 부탁했지만 요구는 받아들여지지 않았다. 박 양 정도쯤 되면 몰라도 쉰이 넘은 도우미에게 해당되는 사항은 아니었던 모양이다. 출장안마사가 수입이 괜찮다는 걸 들어서 알고는 있지만 당장에 가능한 일이 아니었다. 기술이야 배울 수 있다 쳐도 고령의 나이라는 장벽이 있었다. 고객이 선호할 연배는 아니니까.

아기에게 정신이 팔려있는 사이 월세 납입 날짜가 훌쩍 지나버렸지만 미옥은 자각하지 못했다. 집주인 여자에게 살갑게 굴어본 적은 없으나 월세만큼은 늦은 적이 없었다. 집주인은 미옥의 신용을 믿는 터라 재촉하지 않았다. 그러나 보름 정도 경과하자 슬금슬금 마음이 불편해지기 시작했다. 처음 세를 줄 땐 혼자 산다고 했다. 그러다 제 엄마라면서 노인 하나를 사전 협의 없이 집으로 들였다. 그때도 싫은 기색 하나 보이지 않았다.

"자기가 나한테 이러면 안 되지."

하루하루 지남에 따라 불편했던 기분은 점차 언짢은 심정으로 바뀌었다. 그러다 스무날이 경과했을 때엔 괘씸한 마음이, 한 달째 되는 날엔 화가 치밀었다. 한 달하고도 하루가 더 흐른 바로 그날, 팔짱을 끼고 옥탑방을 올려다보던 집주인은 결심한 듯 계단을 올랐다. 지나치게 가팔라서 발길이 여간 조심스럽지 않았다. 한 발 한 발 오를 때마다 난간을 꼭 부여잡아야 했다. 위험하기 그지없는 계단이었으나 세입자는 그간 한 차례도 불만을 표하지 않았고 월세도 꼬박꼬박 제날짜에 지불했다. 주인은 급작스럽게 세입자에게 미안한 마음이 들었으며, 그래서 며칠만 더 참아보기로 작정했다. 도로 내려가려던 주인이 무심코 옥상을 올려다봤다. 옥상에서 새하얀 천들이 나부끼고 있었다.

"뭘까? 저것은?"

궁금해진 주인은 확인이나 해보자는 마음으로 몇 개 남지 않은 계단을 마저 올랐고 마침내 옥상에 도달했다.

세입자는 빨래를 널고 있었다. 순백의 천들이 빨래집게에 야물게 물려 있었다. 그것들은 만국기처럼 바람에 펄럭였다.

"웬 아기기저귀?"

집주인은 자신도 모르게 볼멘 목소리를 냈고 세입자는 당황한 기색이 역력한 얼굴로 막 널려던 기저귀를 냉큼 뒤로 숨겼다. 세입자의 입술이 야릇하게 움찔거렸다.

"뭐야? 무슨 일이야? 아기가 있는 거야? 의논 한마디 없이 노인네 들이더니 이제 아기까지 스리슬쩍 데려온 거야?"

어정쩡하게 서있는 세입자를 뒤로하고 집주인이 현관문을 벌컥 열어젖혔다. 형언하기 힘든 온갖 냄새가 콧속으로 기어들어왔다. 집주인이 눈살을 찌푸리며 코를 감싸 쥐었다.

"어휴 대체!"

낙서투성이 벽에다 아기용품, 분유통, 장난감, 이런저런 옷가지 따위로 난장판이 된 실내가 한눈에 들어왔다. 언뜻 불길한 기운이 집주인을 향해 달려들 즈음 포대기를 몸에 두른 뚱뚱한 노인이 뒤뚱거리며 나타났다. 주인은 제 눈을 의심했다. 뭘 어떻게 먹으면 저렇게 살이 찔 수 있을까! 처음 집에 올 때는 저렇지 않았다. 아니 오히려 마른 편에 가까웠다. 고도비만의 거구가 주는 위압감에 기가 눌린 집주인이 자신도 모르게 한 발짝 뒤로 물러섰다.

낯선 사람과 눈이 마주치자 노인이 천천히 입술을 열었다. 촘촘히 잡힌 주름투성이 입술로 뭔가를 말하는 듯했지만 집주인은 알아들을 수 없었다. 시커먼 노인의 입속은 깊이를 알 수 없는 동굴이었다. 노인이 한 발짝 다가오자 집주인은 반대로 한 발 뒤로 어물쩍 물러섰다. 집주인이 다시 코를 감싸 쥔 것은 지독한 지린내 때문이었다. 노인이 다가옴에 따라 지린내는 점차 더 강렬해졌다. 집주인은 밀려올라오는 구역질을 온힘을 다해 참으면서 노인이 두르고 있는 포대기 안을 들췄다. 빈 포대기였다.

이상한 예감에 사로잡힌 집주인이 이번엔 방안으로 성큼 들어갔다. 그곳도 각종 아기용품으로 빼곡히 들어차있었다.

"옳거니. 아기가 있긴 있는 모양이야. 집 꼴이 이게 다 뭐람. 당장 방 빼라고 해야지!"

집주인의 눈에 붉은 유모차가 들어오자 그녀가 기세등등하게 접근해서는 잽싸게 덮개를 들췄다. 그러나 그곳에도 아기는 없었다. 다만 목이 옆으로 홱 돌아간 인형 하나가 놓여있을 뿐이었다. 둥근 두상의 폴리우레탄고무 인형이었다. 살색에 동그란 눈을 한 인형은 속눈썹이 길었다. 애초엔 제법 고가였을 걸로 짐작되는 인형이지만 꼬질꼬질 때에 전 것이 쓰레기통에나 들어가면 딱 알맞게 생겨먹었다. 인형은 진짜 아기처럼 기저귀를 차고 있었으며 그 옆에는 젖병이 있었다. 젖병은 모로 쓰러진 채 한 방울 두 방울 똑똑 우유를 흘려보내고 있었다.

집주인은 불현듯 무서웠다. 극심한 공포가 엄습해 들어왔다. 그녀는 꼬꾸라지듯 곤두박질치듯 뛰쳐나왔다.

세입자는 아직도 기저귀를 널고 있었다. 조금 전과는 달리 콧노래까지 흥얼대고 있었는데, 그 노래는 집주인도 알고 있는 것이었다. 어렸을 적 고무줄놀이 할 때 자주 부르던 노래였다. 가랑잎 때굴때굴, 이렇게 시작하는 노래였다.

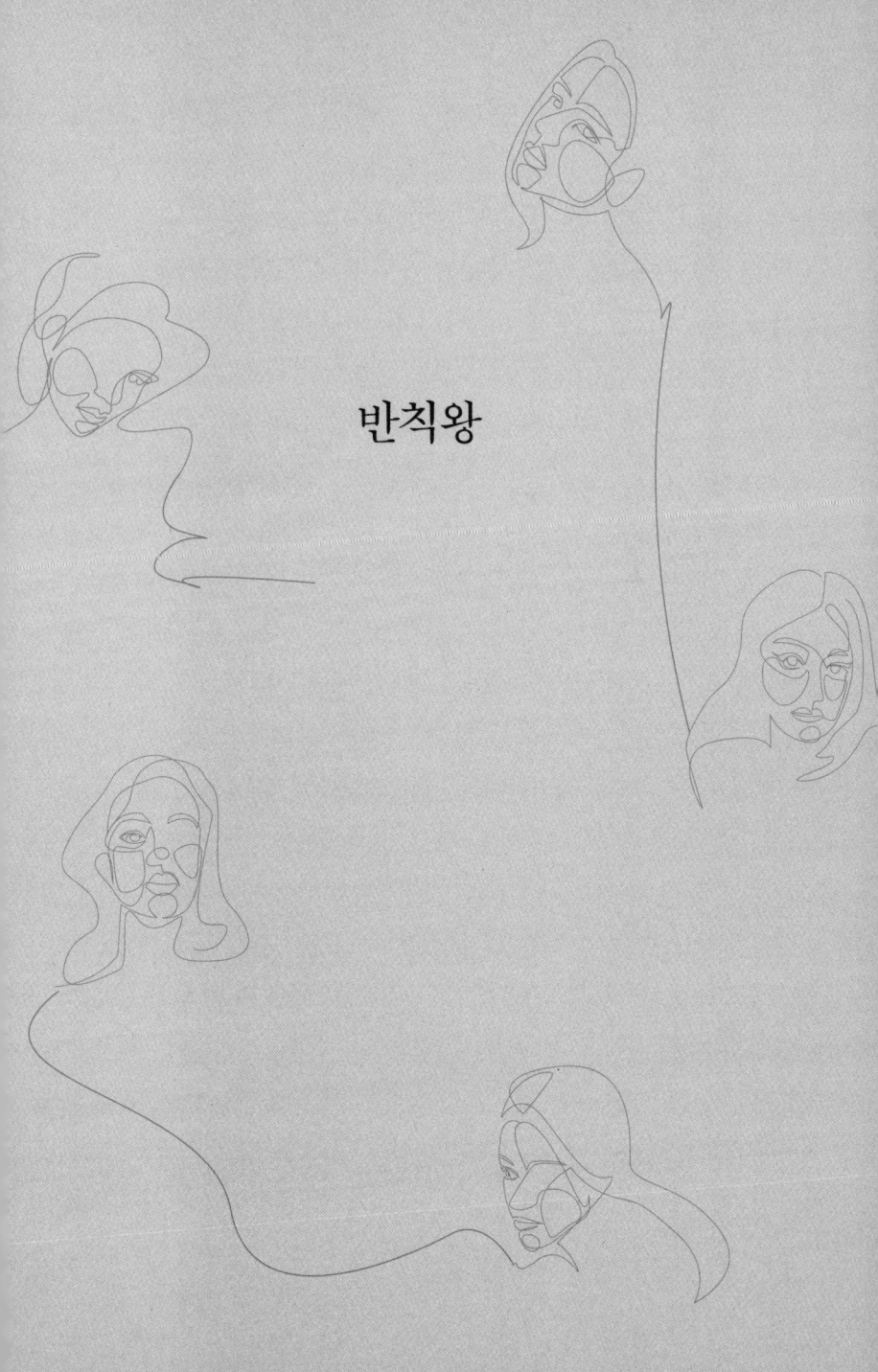
반칙왕

전화는, 열 개들이 꽃모종 두 팩을 막 마당에 내려놓는 중에 걸려왔다. 멀리 화훼공판장까지 가서 사온 봄꽃들이다. 어정쩡한 자세로 전화기를 꺼내드는 바람에 허리에 삐끗한 느낌이 있었지만 신경 쓸 겨를이 없었다. 전화기 너머에서 자신이 경찰관이며 아버지를 보호하고 있다고 했기 때문이다. 마침 외출복 차림이라 곧바로 집을 나설 수는 있었지만 조금 전 분식집에서 사먹은 비빔국수 때문에 신경이 쓰였다. 잠시 지체한다고 해서 더 나쁜 뭔가가 일어날 리 만무지만 급한 마음에 양치도 못하고 그냥 나왔다. 달리던 택시가 네거리에 멈춰 섰을 때 석영은 숄더백의 지퍼를 열었다. 파우치에서 손거울을 꺼내드는데 납작하게 짓눌린 껌 반쪽이 은박지에 싸여서 달려 올라왔다. 거울을 통해 치아를 점검해

본 후에는 껌을 입에 넣고 씹기 시작했다. 아쉬운 대로 양치 대용품 역할은 해줄 터였다.

    파출소는 협소한 편이었으며 한갓지고 평온해 보였다. 파출소에서 평온함을 느끼다니, 라고 석영은 언뜻 생각했는데, 다소 비현실적인 기분이었다. 아버지는 책상을 사이에 두고 한 경찰관과 마주앉아 있었다. 고개를 푹 수그리고 있는 모습만으로는 영락없는 죄인이었다. 잔뜩 구부러져있는 어깨와 부스스한 머리칼이 맨 먼저 눈에 들어왔다. 슬픔 한 덩어리가 오빠에 대한 분노와 뒤섞여 치받쳤다.

    "아버지."

    신음 같은 소리가 새나왔다. 생각보다 음성이 컸던가, 경찰관이 고개 들어 석영을 바라봤다. 그와 석영의 눈이 마주쳤다. 경찰관은 출입문 근처에서 머뭇대고 서있는 중년여성이 무슨 일 때문에 왔는지 즉각 파악한 눈치였다. 석영은 혼자 스스로 모멸감을 느꼈다. 뒤이어 찾아온 감정은 창피함과 부끄러움이었다.

    아버지 뒤쪽에 가 서니 그의 정수리가 한눈에 내려다 보였다. 제도용 컴퍼스로 그려놓은 듯 동그란 대머리를 중심으로 허연 머리칼이 주변을 감싸고 있었다. 잔설처럼 비듬도 몇 자리 차지하고 있었다. 아버지의 머리칼은 부분부분 붕 떠있거나 혹은 짓눌려있었다. 와락 짜증이 났다.

아버지는 엉거주춤, 일어서는 시늉을 하더니 금세 도로 앉았다. 아버지는 온몸으로 말하고 있었다. 만사가 귀찮고 싫구나, 라고.

"성가시게 해서 미안하다. 네 엄마는 건강상태가 안 좋아서, 놀랄까봐 연락하기가…… 내가 내 보호자라고, 그렇게 말해도…… 허허."

얼굴표정을 살필 수 있는 위치에 있지는 않지만 마지막의 그 웃음소리가 헛웃음이란 걸 석영은 알고 있다. 말하다 끊고, 또 말하다가 멈추면서도 할 말은 그예 다하고야 마는 아버지는 석영에게 밉상이었다.

"버스 안에서 사고가 났습니다."

석영은 놀라지 않았다. 놀란 표정을 짓는다면 나는 사기꾼이야, 나 자신을 속이는 것이지, 아버지처럼 나도 비루해지는 거야. 석영은 최소한의 자존심만큼은 지키고 싶었다. 석영은 경관의 말에 특별한 반응을 보이지 않은 채 다만 아버지의 뒤편에서 옆쪽으로 몇 걸음 위치를 옮겼다. 석영이 아버지 쪽으로 시선을 주자 뭉개진 오른쪽 귀와 주저앉은 코가 눈에 들어왔고 구겨진 셔츠 깃이나 소매에 묻어있는 김칫국물 같은 것도 보였다. 누가 보더라도 남루해 보이는 행색이었다. 다시 감정이 북받쳐 올랐다.

"버스가 급정거하는 바람에 어르신께서 바닥으로 쓰러지셨습니다. 고통을 호소하셔서 기사분이 병원으로 모시고 갔죠."

석영은 떨어지지 않는 입술을 간신히 떼어 아버지에게 물었다.

"괜찮으세요? 안 다치셨어요?"

선택한 문장이 무색할 지경으로 감정이 실려 있지 않은 음성이었다. 대부분 이런 경우, 화들짝 놀라는 게 일반적일 테니 석영의 태도는 이례적으로 보일 소지가 다분했다. 경찰관이 조심스러운 눈길로 석영 부녀를 번갈아 살폈다. 석영은 찔끔했다. 불쾌한 감정도 동시에 느꼈다. 하지만 이어지는 경찰관의 목소리가 의외로 부드러워 석영의 마음이 조금쯤 누그러졌다. 경찰관은, 걱정하지 않으셔도 됩니다, 큰 사고는 아니었어요, 라고 말했다.

"그렇지만 교통사고란 게 후유증이 더 무섭다고들……"

"잘 알고 계시는군요. 그래서 특별한 외상이 없는 경우라도 엑스선 촬영이라든가 기초적인 검사를 해드리죠. 합의금조로 보상금도 지급됩니다. 그런데 어르신의 경우는……"

경찰관이 잠시 말을 끊더니 제 앞에 놓여있는 탄산수를 마신다. 속이 타들어가는 석영은 자신도 톡 쏘는 뭔가를 마시고 싶다고 생각한다. 순간 입속에 이물감을 느낀다. 물고만 있어서 흐물흐물해져버린 반쪽짜리 껌이었다. 석영은 책상 위에 있는 각 티슈 한 장을 뽑아 껌을 싸서 휴지통에 버렸다.

"전에도 이런 사고가 있었죠?"

경찰관의 눈매가 갑자기 날카롭게 변했다. 방심하는 사이 허를 찔려버린 기분이었다. 석영은 입도 뻥긋하지 못하고 두 눈만 껌뻑였다. 뭐라고 해야 하나? 짧은 사이 석영의 머릿속이 복잡해졌다. 기다렸다는 듯 허리 쪽에서 찌르는 것 같은 통증이 감지되었다. 석영은 손바닥을 허리에 지그시 갖다 댔다. 아까 전화 받을 때 삐끗했던 부위다.

"몇 번이나 있었죠?"

경찰관의 말투는 신문조로 변했고 석영의 등줄기로 식은 땀이 흘러내렸다. 아버지의 고성이 파출소에 쩌렁쩌렁 울려 퍼진 것은 바로 이때였다.

"이 양반이! 몇 번이나 말해야 알아듣겠소! 두 번째라고 했잖소!"

아버진 석영에게 일종의 언질을 주고 있는 것이었다. 그러거나 말거나 경찰관은 석영에게서 시선을 떼지 않았다. 석영의 가슴이 벌렁거렸다.

"솔직히 말씀하세요. 어르신께서 처벌받으실 수도 있습

니다."

석영의 콧등에 송골송골 땀이 돋아났다.

"몇 번째죠?"

경찰관의 목소리가 다시 나긋나긋해졌고 두 손이 컴퓨터 자판기 위에 놓였다. 지금부터는 다 기록할 것이니 대답 똑바로 잘하라는 뜻이다. 석영의 심장이 세차게 뛰었다. 자신의 심박동 소리가 경찰관의 귀에까지 다다를까봐 겁이 날 지경이었다. 석영은 아버지가 방금 전 호통치듯 말한 내용을 그대로 반복했다.

"두 번째 사고라고 하시잖아요."

석영의 대답이 만족스러운지 아버지가 고개를 두어 번 끄덕였다. 잘했다. 아버지는 그렇게 말하고 있었다. 석영은 불편한 마음에 고개를 외틀어 창 쪽을 봤다. 쇠창살이 촘촘히 쳐진 창문은 석영의 심사만큼이나 답답해 보였다.

"수상한 점을 발견했기 때문입니다. 상습적이지 않나 하는 거지요."

수상한, 상습적. 모욕적인 발언이었다. 이 나이 되도록 단 한 차례도 들어본 적 없는 낯선 단어들이었다. 석영의 얼굴이 후끈 달아올랐다. 얼굴을 두 손바닥으로 감쌌다. 사실이든 아니든 타인으로부터 이런 얘길 듣는다는 건 수치였다. 경찰관을 향해 적개심이 일었다. 그럼에도 석영은 아무런 대꾸도 하지 않았다. 할 수 없었다.

"버스회사 측에서 신고했어요. 그래서 여기로 모신 겁니다. 이와 비슷한 일이 어르신에게 세 차례 발생했습니다. 어떻게 동일한 사고가 세 번이나 그것도 같은 버스에서 일어날 수 있는 걸까요?"

석영은 아버지의 보호자 된 입장에서 할 수 있는 한의 방어를 시도해보기로 한다. 아버지가 두 번이라고 못 박았으니 석영도 그걸 고수해야만 한다. 어쩔 것인가.

"세 번이라고요? 아버지와 나는 두 번으로 기억하고 있지만 우리가 잘못 알고 있을 수도 있겠죠. 하지만 세 번 아니라 열 번이라도 일어날 수 있는 일 아닌가요? 숫자가 그리 중요한가요? 그 버스회사 기사 분들이 유독 험하게 운전하는 모양이죠."

"그렇다면 왜 하필 어르신만 이런 일을 자주 겪으시는 건지 그것도 말씀해 보실까요?"

"계획적인 사고로 몰고 가실 작정인가 봐요? 만일 고의적이라면 왜 같은 번호에서만 그러셨을까요? 나쁜 마음 품었다면 저 같아도 이 버스 저 버스 옮겨가며 하겠네요. 말이 된다고 생각하세요?"

처음 보는 사람과 이런 대화를 하고 있다니, 석영은 울고 싶었다. 어서 자리를 벗어나고 싶은 마음 뿐이었다. 경찰관은 타닥타닥 자판을 두드려 뭔가를 입력하다가 문득 손동작을 멈추더니 투명한 안경알 너머로 석영을 탐색했다. 잠시 후 그의 입을 통해 나온 목소리는 지극히 낮고 조용했다.

"제가 설명해 볼까요. 어르신이 사시는 동네를 경유하는 버스 노선이 어떻게 되죠? 2XX번 하나죠? 그리고 어르신께선 일주일에 두어 번 친구 분이 운영하는 기원에 놀러 가신다던데요? 2XX번 버스를 타면 갈아타지 않고도 갈 수 있는 장소입니다. 어르신께선 기원 외엔 특별히 다니시는 데도 없는 걸로 알고 있습니다만."

"참 많이도 알고 계시네요. 그러니 사고를 위장하더라도 2XX번밖엔 없다는 거로군요? 설득력이 떨어진다는 생각 안 드세요?"

말은 그렇게 했지만 석영은 속으로 켕겼다. 아버지를 변호해야하는 입장이니 어쩔 수 없이 그렇게 말했지만 마음이 불편했다. 석영과 경찰관은 같은 주제로 제법 긴 시간 실랑이를 벌였다. 그러나 정작 당사자인 아버진 숫제 강 건너 불구경이었다. 격앙된 어조로 따지는 석영을 올려다보다가 차근차근 말하는 경찰관을 바라보다가, 파출소 내부를 휘휘 둘러

보기도 하는 등 산만하기 그지없었다. 경찰관은 나름대로 확신을 가지고 있는 것처럼 보였다. 그럼에도 무슨 생각에선지 아버지를 그냥 보내줬다. 그러나 이 한 마디만큼은 기어이 하지 않을 수 없었던 모양이다. 조심 하십시오 어르신. 몇 푼 벌어 보시려다 몸 망가지십니다.

참혹하고 부끄러웠다. 아들딸이 셋이나 된다면서 사고 위장 보상금이나 탐하게 만들고 대체 너희 자식들은 어떤 인간들이냐고 꾸짖는 것 같았다.

"일부러 그러신 거, 아니죠?"

친정집으로 향하는 택시 안에서, 석영은 기어이 이렇게 내뱉고야 말았다. 아버지가 모욕감을 느끼더라도 묻지 않을 수 없었다. 아버지는 못 들은 척 딴청을 피웠다. 의외였다. 버럭 소리치며 화낼 줄 알았다. 너마저 나를 오해하느냐며 크게 역정 낼 줄 알았다. 서글픔이 밀려올라왔다. 석영이 아버지를 향해 소리 없이 외쳤다. 옛날의 그 당당함은 다 어디로 사라졌나요. 해명해 보세요. 나는 결코 그런 인간이 아니다, 이렇게요. 반칙왕이었던 그 시절엔 곧잘 그러셨잖아요. 그건 진정한 내가 아니다. 다시 한 번 그 말을 듣고 싶어요.

"오빠는 아직도 그 모양이래요?"

석영이 돌연 앞뒤 맥락 없이 툭 던지자 그제야 아버지 얼굴에 표정이 드러났다. 아버지 당신이 가장 싫어하는 게 자신의 외아들에 대한 비난이기 때문이다. 요 몇 년 새 내내 친정집 생각만 하면 먹은 게 고스란히 얹힐 것 같은 심정으로 살고 있는 중인데, 속마음을 감추려는 노력조차 하지 않는 아버지가 석영은 너무도 밉다. 석영은 아버지를 조금 더 괴롭히고 싶었다.

"어쩌려고 그런데요? 아들입네 하고 자랄 때부터 누릴 거 다 누리고 그것도 모자라 이젠 부모 집까지 저당 잡히고."

으음- 가래 끓는 소리와 함께 아버지의 양미간에 신경질적인 주름이 깊게 파였다.

"조만간 만나서 한바탕 할 거예요."

"그만둬라. 사람이 급하다 보면 그럴 수도 있느니라."

아버지가 성마른 소리로 되레 석영을 나무란다. 아들 얘기가 나오자 없던 기운이 샘솟는지 어느새 목소리에 힘이 들어가고 완강해진다. 더 이상 함께 있기 싫은 석영이 만 원짜리 한 장을 좌석에 내려놓으며 재빨리 말한다. 기사 아저씨. 저는 여기서 내려주세요.

"앞으론 무슨 일이 생겨도 절대 저한테 전화하지 마세요. 그 잘난 아드님한테 하시라고요. 궂은일은 왜 매일 내가 도맡아야 해요?"

석영은 기어이 쓴소리를 내뱉고야 말았고 인도로 내려서
서는 택시 문을 쾅 소리나게 닫았다. 아버진 잔뜩 화가 나서
입술을 꾹 다물고 있을 뿐 석영 쪽으로는 눈길도 주지 않는
다. 택시는 이내 멀어지고 석영은 인파에 섞인다. 자갈을 쏟
아 붓는 것 같은 소음이 귓속을 파고든다. 결국은 똑같은 일
의 반복이다. 듣기 싫은 소리 해봐야 개선될 것도 아닌데, 아
무 말 말걸 그랬나 싶은 후회도 든다. 이젠 그런 전화 걸려 와
도 절대로 달려가지 않을 거야. 석영도 아버지처럼 입을 굳게
다문다.

석영의 가슴 밑바닥에 내려앉은 돌덩이는 이튿날에도 사
라지지 않았다. 오전 나절 내내 끙끙대다 결국 집을 나섰다.

엄마는 대문을 열어놓은 채로 나가고 없었다. 주인 없는
텅 빈 집은 고즈넉이 가라앉아 있었다. 석영은 마당에 선 채
로 하늘을 올려다봤다. 구름 몇 점이 떠다니고 검은빛의 새
몇 마리가 날고 있었다. 엄마는 오래지 않아 들어왔다. 손에
는 열무 두 단이 들려져 있었다.

"왔냐?"

"열무김치 만들게?"

"밥맛이 하도 없어서 담가볼까 한다. 고추장하고 참기름
넣고 썩썩 비벼 먹으면 왜 입맛이 돌아오잖니."

"그렇지. 찹쌀가루로 풀도 쑤고 붉은 고추도 갈아 넣고."

"내 후딱 만들어서 줄 테니 이 서방이랑 애들이랑 먹어라."

"겨우 두 단 가지고 뭘 우리까지 주려고 그래. 엄마나 많이 드셔."

아버지 못지않게 엄마 또한 볼 때마다 조금씩 몸피가 줄어들고 있었다. 그새 또 살이 빠졌는지 늘 입고 다니던 땡땡이 냉장고바지가 한쪽으로 한참이나 틀어져 있다.

"아버지는?"

"기원 가셨다."

'상습적'이라고 말하던 경찰관이 떠오르자 석영은 다시금 얼굴이 화끈거린다.

"아버진 왜 그렇게 조심성이 없으셔?"

"너도 늙어봐라. 제 몸 하나도 가누기 얼마나 힘든 줄 아니? 아이고, 자식 잘 둔 부모는 해외여행도 척척 다니더라만."

별안간 여행 타령이다. 엄마는 아버지에 대해 티끌만큼의 의심도 없는 눈치다.

"순덕이 기억하니? 세탁소집 맏딸. 형편이 어려워 제대로 학교도 못 다니고 스무 살 때든가 열 살 연상이랑 결혼한 애."

"알아. 나하고 동갑이잖아."

"걔가 저기 어딘가 다른 나라로 이민 가 살고 있는데, 그렇게 잘돼서 제 부모를 초청도 했더란다. 갔다 와설랑 자랑이 늘어졌더라."

"그래서 부러워요?"

"순덕이가 한국 나왔을 땐 또 어땠는지 아니? 아 글쎄 큰돈이 들어있는 예금통장을 덥석 주고 갔더란다. 대체 순덕엄마는 웬 복이냐."

딸 들으라고 하는 소리야 물론 아니겠지만 석영은 은근히 속이 불편하다. 그러다 보니 검정 비닐봉지를 불쑥 내미는 손길에 투박한 감정이 묻어난다.

"뭐냐?"

기분 탓인지 엄마 목소리도 그다지 사근사근하게 들리지 않는다.

"돼지고기 목살."

엄마는 말없이 비닐봉지를 건네받더니 부엌으로 들어갔다. 석영의 친정집은 아직도 부엌이 별도로 있는 재래식이다. 엄마의 평생소원이 최신식 주방에서 살림해보는 것이라는데, 오빠나 여동생 그리고 석영에 이르기까지 자식 가운데 누구 하나 여태 그 소원을 들어주지 않았다. 엄마가 순덕엄마를 부러워할 만도 했다. 석영은 작게 한숨을 내쉬며 마루 끝에 엉덩이를 붙였다. 자꾸만 경찰관의 말이 귓속에서 맴돌았다. 상습적, 보상금, 상습적, 보상금……

　아버지가 이와 같은 사고를 당한 건 사실 두 번째도, 세 번째도 아니다. 경찰관 앞에서 몹시도 부끄러웠던 이유가 여기에 있었다. 석영은 거짓말을 했다.

　아버지는 어느 시기인가부터 극도의 불안증에 시달리기 시작했는데, 그즈음의 아버진 자잘한 소지품을 자주 분실한다거나 하는 걸로 증상이 나타났다. 엄마를 통해 전해 듣긴 했으나 석영을 포함하여 자식 중 누구도 크게 신경 쓰지 못했다. 첫 번째 사고가 일어난 것이 그 무렵이었다. 버스가 급정거하는 바람에 콩나물시루처럼 빽빽하게 서있던 승객들 여럿이 한꺼번에 넘어졌는데, 아버지도 그 가운데 하나였고 하필이면 맨 아래 깔려버렸다. 아프고 자시고 육체의 고통을 느낄 겨를도 없었던 것은 창피한 마음이 그보다 앞섰기 때문이다. 어찌어찌 일어나서 바지를 터는 아버지에게 한 아주머니가 자리를 양보하면서 충고했다. 연세 있으신 분 같은데 병원에 가보셔야 할걸요. 저도 이런 일 당한 적 있는데요, 처음엔 아무렇지 않더니 차차로 쑤시고 아파서 고생했어요. 당장 조처하지 않은 걸 얼마나 후회했게요. 뒤늦게 찾아가 하소연해봤자 증거도 없고, 믿어줄 거 같지 않아서 포기하고 말았지만 이후로 날만 궂으면 몸이 먼저 말해요. 정의로운 아주머니는 자기 일이라도 되는 것처럼 기사에게 병원에 모시고 가줄 것을 요청했다. 그러나 밑에 깔렸다는 사실이 남부끄러웠던 아버지는 병원 따위 추호도 갈 생각이 없었고 어서 버스에서 내리고 싶은 마음 뿐이었다. 그런데 양보 받은 좌석에 앉아있자니 차츰 신호가 오기 시작했다. 겁이 더럭 난 아버지는 그대로 눌러앉았으며 병원으로 인도되었다. 검사결과로는 큰 문제 없었지만 옆구리와 가슴부분에 울혈이 맺혀 검붉게 변해있었고 통증도 차츰 커져갔다. 그때도 맨 처음 연락 빋은 사람은 석영이었다. 놀라서 달려간 자리에서 치료비 전액은 물론이고 치료 후에는 합의금도 지급된다는 얘기를 들었다.

두 번째는 이로부터 약 일 년여 후, 막 탑승한 아버지가 미처 자리를 잡기도 전에 버스가 출발하는 바람에 버스 바닥에 나뒹굴어진 사건이었다. 이때는 사나흘인가 입원했었고 이후로 장기간 통원치료도 받았다. 치료가 모두 끝나자 역시 합의금을 받았다. 이때도 아버지는 석영에게 먼저 연락했다. 두 사고 모두 2XX번 버스에서 일어난 일이었다.

두 번째 사고합의금을 받게 되었을 때 아버지가 싱긋 웃으며 석영에게 봉투를 내밀었다. 공돈이 생겼구나. 네 집 도배해야 쓰겠더라. 없을수록 깨끗하게라도 해놓고 살아야지,

라고 말하면서. 해서는 안 될 생각이지만 그때 석영은 아버지가 의심스러웠다. 꺼림칙했던 석영은 봉투를 사양하고 받지 않았다. 그리고 세 번째 사고는 오빠가 친정집을 담보로 은행 대출을 받았다는 걸 알게 된 지 이틀 후에 일어났다.

    오빠가 친정집을 방문한 것은 아버지가 외출하고 없던 어느 날 오후였다. 엄마의 표현에 의하면 세상에서 가장 불행한 사람처럼 다 죽어서 대문을 들어섰다고 했다. 엄마의 심장이 쿵 소리 내며 내려앉았다. 아이고, 내 새끼에게 무슨 일이 생겼구나! 마루에 앉자 오빠는 긴 한숨을 내쉬었다. 그러자 이번엔 엄마의 억장이 무너져 내렸다. 좀처럼 용건을 꺼내지 못하는 아들을 보다 못한 엄마가 멍석을 깔았다.

    "무슨 일 있는 거냐?"

    어렵게 오빠의 말문이 열렸다. 곧 큰 계약이 성사될 순간인데 초기자금을 마련하지 못해 엎어질 판이다. 큰 건이다. 이 집을 담보로 제공하고 은행대출을 받으면 좋겠다. 절대 폐 끼치는 일은 발생하지 않게 하겠다. 이번 일만 잘되면 그간 부모님께 조금씩 가져다 쓴 돈까지 한꺼번에 갚을 수 있을 것 같다. 오빠는 최선을 다해 엄마를 설득했다.

    "내가 어떻게 하면 되는 거니?"

    오빠가 가방에서 한 뭉치의 서류를 꺼냈다. 이 서류에 아버지의 인감도장을 찍으면 된다. 나머진 내가 다 알아서 한다. 오빠의 말에 엄마는 아버지의 인감도장을 덥석 내줬다. 믿어서가 아니라 자식이기 때문에 그럴 수밖에 없었다고 엄마가 후일 석영에게 말했다. 그날 저녁 석영의 부모는 부부로 산 세월 가운데 세 손가락 안에 들 만큼 크게 싸웠다. 아무리 아들을 끔찍하게 여기는 아버지라 해도 그것이 집에 관한 것이라면 문제가 달랐다. 그 사실을 잘 아는 오빠가 일부러 아버지가 부재한 시각을 골라 엄마를 찾아왔던 거였다.

네 번째 사고는 대출금 이자를 오빠가 연체하고 있다는 걸 알게 되었을 때 발생했다. 세 번째와 네 번째는 2XX번이 아닌 각기 다른 버스에서 일어났다. 그러니까 어제의 사고는 석영이 아는 한도 내에서만도 다섯 번째에 해당된다.

돌이켜보면 버스사고는 대부분 아버지를 괴롭히는 일이 일어났을 때 발생했고, 그런 선례로 봐서 이번에도 분명 무슨 일인가가 벌어져 있을 거라는 게 석영의 생각이었다. 친정집에 부리나케 달려온 것은 일어나고 있을지도 모를 그 무슨 일이 어떤 것인가 구체적으로 확인하기 위해서였다. 그러나 짐작가는 바가 없지 않다. 엄마나 아버지는 그것이 당신들의 아들 신상에 불리하다싶은 일이면 일단 숨기는 습관이 있어서, 석영이 어떤 사실에 대해 알게 되는 것은 늘 시간이 경과한 후였다. 따라서 매우 나쁜 일이 현재 진행 중일 확률이 농후했다.

아버지는 프로레슬러였다. 프로레슬링 경기를 텔레비전에서 즐겨 방영하던 시절이 있었다. 유명 프로레슬러의 이름을 아이들도 외우고 있을 정도로 전 국민의 사랑을 받던 때가 있었다. 그 시기의 아버지는 널리 알려진 유명 프로레슬러였다. 경기를 끝내고 귀가할 때면 현금이 들어있는 대전료를 봉투째 엄마한테 내밀곤 했다는데, 봉투를 건네받을 때마다 엄마는 두 손을 바들바들 떨었다고 한다.
"그것은 죄책감 때문이었어."
왜 그랬냐고 묻는 석영에게 엄마는 이렇게 고백했었다. 남편의 목숨을 갉아먹고 사는 기분이었지, 라고도 했다. 그렇지만 그 일을 하지 말라고 말린 적은 없었다고 쓸쓸한 표정으로 덧붙였다.
젊은 시절 두 분이 처음 만났을 때, 그때도 아버진 이미 레슬러였다. 다만 당시는 아마추어 선수였다. 전도유망한 선수로 종종 뉴스에도 등장했다고 한다. 젊은 시절 아버지의 꿈은 국가대표 선수가 되어 태극마크 달고 메달을 따는 것이었다. 그러나 결혼 후 아버지는 한 여자의 남편과 자식들의 아버지로 책임을 다하기 위해 프로로 전향했다. 프로레슬링이 호황을 누리던 시기라 잘만 하면 돈과 명예가 함께 굴러들어오던 때였다. 아버지의 얼굴에서 헤드기어가 사라지고 상하의가 붙어있는 원피스 싱글레트 대신 삼각팬티를 입게 되었다. 우리 인생에서 만약이란 말처럼 쓸데없는 것도 없겠지만 석영은 성인이 된 후로 종종 안타까운 마음으로 아버지를 보곤 했었다. 아버지가 만약 결혼을 느지막하게 했더라면 혹은 만약 결혼했다 하더라도 자식을 연이어 낳지 않았더라면, 그랬다면 국가대표 레슬링선수의 꿈을 이룰 수 있지 않았을까 하는.

아버지의 시합장면을 실시간으로 보기가 겁났던 엄마는 경기가 벌어지는 날이면 일부러 집을 나가 있기도 했다. 석영은 어땠는가. 석영의 경우, 마음을 졸이면서도 끝까지 시청했고 이튿날 아침이면 매번 학교에 가지 않겠다고 뻗댔다. 창피하단 말이야, 울면서 이렇게 어깃장을 부렸다.

석영의 아버지는 반칙왕이었다. 상대선수의 귀를 물어뜯는다든가 심판 눈치 봐가며 순식간에 급소를 가격하고는 시치미 떼는 일을 다반사로 자행했다. 아버지의 손에서는 종종 뭔지 모를 금속이 반짝이기도 했다. 관중의 거센 항의가 체육관을 뒤흔들면 그제야 반칙 사실을 눈치챈 심판이 다가오고, 심판이 손가락으로 하나둘 카운트하면 아버지는 내가 무슨 잘못을 했느냐는 듯이 어깨를 추석이며 양 손을 펴보이곤 했다. 물론 그땐 이미 쇠붙이 같은 건 어디에도 없었다. 감쪽같았다. 관중들은 노골적으로 아버지를 향해 야유했다. 석영은 이때 관중들의 조롱이 언짢다기보다는 분명히 번쩍였던 쇠붙이가 그 짧은 순간에 대체 어디로 사라졌는가가 더 큰 관심사였다. 석영은 사실 지금도 궁금하다. 그것들은 대체 어디로 간 것일까.

아버지는 링 위에서 거의 언제나 패배자였다. 로프 위를 붕붕 날아다니는 묘기를 보이며 관중의 혼을 쏙 빼놓을 때도, 손날을 이용하여 독보적인 기술을 시전해보일 때도, 멋진 초강력 드롭킥*을 날려도 어찌된 일인지 늘 지기만 했고 관중들 또한 어떠한 경우에도 아버지 편이었던 적이 없었다. 경기를 잘하면 잘할수록 아버지를 향한 조롱 역시 커질 뿐이었다. 아버지가 우세한 경기를 펼친다는 건 그만큼 반칙을 기술적으로 잘한다는 것에 다름 아니었다. 수상한 것은 압도적으로 경기를 주도하다가도 막판이 되면 힘을 쓰지 못했다는 사실이다. 아버지의 체력이 약했던 것일까. 아니면 다른 이유가 있었던 것일까.

* dropkick : 두발을 점프해서 상대방 머리를 차는 기술

아버지의 경기가 야비했던 만큼이나 석영은 이튿날이 되면 반 아이들의 등살을 견디기 힘들었다. 유명 레슬러였음에도 친구 가운데 누구도 아버지의 사인을 원하지 않았다.

아이들이 뒷전에서 수군대는 게 싫었던 석영이 어느 날이던가 아버지에게 따져들었다.

"아버지는 비겁해요. 왜 언제나 반칙을 하세요? 그렇다고 이기지도 못하면서."

아버지가 석영을 깊은 눈으로 바라봤다.

"프로레슬링이란 말이다, 각본에 따라 하는 거란다. 각본이 뭔지 알지?"

"네 알아요."

"쉽게 말하자면 난 레슬링을 하는 배우인 거야. 내가 맡은 역할은 악당이야. 영화를 보면 나쁜 놈들은 언제나 지잖니? 레슬링도 마찬가지야. 반칙 안 하는 착하고 좋은 선수가 승리해야 사람들에게 희망을 주지 않겠니."

"그럼 아버지도 착한 선수 하면 되잖아."

아버지가 석영을 안아다 무릎에 앉히고는 머리를 쓰다듬었다.

"나는 착한 선수가 될 수 없단다. 착한 선수는 영화로 말하자면 주인공인데, 나를 주인공으로 쓰면 누가 레슬링을 보러

오겠니. 주인공은 유명스타가 맡아야 하는 거다. 난 주인공이 아니기 때문에 악역을 할 수밖에 없어. 그러니까 내가 링에서 악당이라고 해도 그것은 진정한 내가 아니란다."

아버지가 딱 한 번 타이틀매치에서 챔피언이 된 적이 있긴 하다. 우람한 어깨에 척 걸친 커다란 챔피언벨트는 석영의 눈에 태양만큼이나 빛났고 자랑스러웠다. 정의로운 레슬러는 아니었어도 그날의 아버진 슈퍼맨이었다. 물론 이때도 관중들은 새로운 챔피언을 응원하지 않았다. 아쉬웠던 것은 그 챔피언 타이틀을 일차 방어전에서 너무도 쉽게 내줬다는 사실이다.

경기에 져도 아버지는 언제나 당당했다. 아버지 말에 의하면 각본에 의한 것일 뿐 진정한 의미의 패자가 아니기 때문이다. 지금은 어떤지 모르지만 아버지가 활동하던 당시에는 짜여진 시나리오대로 경기를 했다고 하니, 어린 석영으로서는 곧이곧대로 믿을 수밖에 없었다.

석영은 그날을 기억한다. 결코 잊을 수 없는 날이다. 사각의 링에는 선명한 붉은색 로프가 삼단으로 둘러쳐져 있었고, 아버지는 선수 입장로를 통과하면서 어둠에서 빛으로 걸어 나오는 중이었다. 아버지 뒤쪽으로 후광 같은 게 어렸다. 물론 조명 때문이었다. 서로 뒤엉켜서 꿈틀거리는 청룡이 새겨진 아버지의 망토가 지금도 석영의 눈에 선하다. 길지 않은 입장로를 걸어 링사이드에 도달하는 동안 아버지는 관중을 향해 손을 흔들었고 관중은 박수를 치거나 혹은 야유를 보내거나 했다. 그러나 어쨌든 관중 모두가 즐거워 죽겠다는 표정이었다. 사뿐히 링에 오른 아버진 양 손을 쭉쭉 뻗어 권투선수 흉내를 내면서 몸을 풀었다. 망토를 벗어젖히자 검정색 삼각팬티가 드러났다. 아버지의 구릿빛 몸은 탄탄하고 다부졌다. 아버지는 자신만만한 표정으로 상체 근육을 꿈틀꿈틀 움직여 보이기도 했다. 가볍게 워밍업을 하면서 붉은 부츠를 신은 발로 로프를 툭툭 차기도 했다. 그 통에 굵은 로프가 마구 출렁였다. 이때도 자신이 맡은 역할을 성실하게 수행하겠다는 듯 아버지는 관중을 향해 험한 말을 내뱉었다. 상대선수에게도 무슨 말인가 자꾸 해대면서 도발했다. 그럴 때마다 아버지의 입술에서 침이 튀어나와 공중에 흩어졌다. 불경스러웠다. 그러나 이상하게도 아버지가 저질스럽게 행동하면 할수록 함성은 더더욱 커져갔고 관중석의 분위기가 후끈 달아올랐다. 휘파람과 계속되는 비아냥으로 홀이 흔들렸다.

    석영은 축축해진 두 손바닥을 맞잡고 기원했다. 이번에는 꼭 승리해줘요, 아버지. 내 짝꿍도 뒷줄 남자애도 심술꾸러기 나쁜 아이들이에요. 그렇지만 나보다 공부도 잘하고 그림도 잘 그려서 선생님한테 칭찬만 받아요. 나쁘다고 다 지는 건 아니던 걸요. 그러니 이번만큼은 아버지도 이겨 보세요.

아버지의 주특기는 빅붓*과 러닝빅붓**이었다. 아버지가 딱 한 번, 그것도 짧은 기간 가지고 있던 챔피언타이틀이 바로 러닝빅붓을 사용, 상대를 쓰러뜨려 획득한 것이었다. 그러나 그 기술은 아버지에게 영예를 가져다줬지만 또한 인생을 낭떠러지로 곤두박질치게 만들기도 했다. 제발 승리하기를 바라던 바로 그 시합이 중반으로 치달을 즈음 일어난 일이었다.

링을 둘러싸고 있는 로프 안에는 케이블이 들어있다. 그래서 아무리 엄청난 거구가 부딪쳐도 끊어지는 법이 없을 뿐더러 항상 팽팽함을 견지하도록 관리하고 있다. 그날도 아버지는 상대를 향해 달려가면서 자신의 장기인 러닝빅붓을 시도했다. 그러나 노련한 상대가 살짝 피하는 바람에 빠른 속력으로 달리던 아버지가 로프에 부딪히게 되는데 어찌된 일인지 그대로 링 밖으로 나가떨어지고 말았다. 제대로 된 로프였다면 도로 튕겨져 나와야 마땅했다. 시합은 중단되었으며 아버지는 만신창이가 되어 병원에 실려 갔다. 로프가 어째서 제

• big boot : 달려오는 상대의 안면을 발을 들어 가격하는 기술
•• running big boot : 달려가면서 빅붓을 하는 기술

구실을 하지 못했는지에 대해 경찰조사가 이뤄졌다고 들었지만 결과에 대해 석영이 기억하는 바는 없다.

아버지는 오랜 기간 입원했고 피나는 재활훈련을 거친 후에야 팔다리를 제대로 움직일 수 있었다. 그렇지만 잃어버린 오른쪽 시신경은 되돌릴 수 없었다. 더 이상의 선수생활은 불가능해졌다. 석영의 나이 아홉 살, 초등학교 이학년 시절이었고 아버지는 은퇴하기엔 너무도 서럽고 아까운 서른여섯이었다.

레슬링 외엔 할 수 있는 게 없던 아버지에게 현실의 링은 사방 육미터에 불과한 경기장 링보다 훨씬 가혹했다. 아버지는 젊으나 젊은 나이에 낙오자의 삶을 살지 않으면 안 되었다. 버는 사람이 없다보니 가정형편이 어려워졌다. 그러던 차 다행인지 불행인지 아버지의 아버지, 즉 석영의 할아버지가 돌아가시면서 아담한 집 한 채를 물려주었다. 방 세 칸에 마루와 부엌이 딸린 평범한 주택이었지만 아버지는 평생에 걸쳐 어떡하든 그 집만큼은 지키고자 최선을 다했다.

은퇴 후에도 아버지는 레슬링경기를 즐겨 시청했다. 체육관에 직접 가서 보고 올 때도 있었다. 레슬링을 시청할 때의 아버진 다른 사람처럼 보일 정도로 생기에 넘쳤다. 가족이 모여 함께 경기를 볼 때면 아버지는 어린 석영을 무릎에 앉혀놓고 레슬러들이 구사하는 기술을 가르쳐주기도 했다. 그럴 때마다 엄마는 딸내미를 레슬링선수로 키울 작정이냐며 핀잔을 놓았다.

아버진 복귀하고 싶어 했고 그럴 수 있다고 믿어 의심치 않았다. 아버지가 하루도 빼놓지 않고 훈련을 했던 이유는 그러한 믿음 때문이었다. 한쪽 눈 실명 정도로는 레슬링에 장애가 될 수 없다며 자신만만했다. 그러나 불러주지 않는 데에야 도리 없는 일이었다. 그러던 차 아버지에게도 재기할 수 있는 기회가 찾아왔다. 레슬러로서 활동을 못한 지 오년 만의 일이었다. 과거 함께 호흡을 맞추던 선수가 일본으로 건너가 활약하고 있던 덕으로 얻게 된 기회였다. 일본프로레슬링단체 주최로 열린 시합에서 아버지는 세미파이널에 출전하게 되었다. 이때 아버지는 자신의 과거와 결별하고 새로운 인생을 살고 싶다는 의지를 피력하려는 듯 자신의 이름 석 자를 더 이상 사용하지 않았다. 아버지는 '파울킹'이라는 닉네임으로 링에 올랐다. 이후로도 계속하여 그 이름으로 활동했는데, 별명에서 엿볼 수 있듯 아버지는 이때도 반칙을 자신의 주무기로 장착하고 싶어 했다. 따라서 아버지의 이론대로라면 여전히 주인공 역할은 맡을 수 없는 일이었으며 물론 실제로도 그러했다. 그리고 아버지는 재기 이후로 단 한 차례도 메인이벤트에는 참가하지 못했다.

거친 경기를 치르기에는 나이가 많은 편에 속했지만 그럼에도 국내외(국내외라 봤자 한국과 일본이 다였다)를 막론하고 몇 년 더 링 위에 머물 수 있었던 것은 아버지의 도발적이고 원색적인 언사가 안겨주는 오락성 때문이었다. 파울킹으로 활동하게 되면서 아버지는 의상에도 변화를 줬다. 예전에 입던 단순한 검정색 삼각팬티 대신 붉은 번개가 새겨진 화려한 스판덱스 팬츠에 원색의 민소매 티셔츠 차림이었다. 말하자면 보다 더 엔터테인먼트에 근접한 레슬링을 했던 것이다. 이때도 아버진 당일 지급받은 파이트머니를 고스란히 엄마에게 갖다 주었다.

판타지와 현실을 넘나드는 링 속의 세상과 완전히 결별하게 됐을 때 아버진 심각한 후유증을 보였다. 멍하니 걷다가 자동차 백미러에 부닥치기도 하고 거스름돈을 받지 않은 채 가게를 나서기도 했다. 음식점 같은 데서 남의 구두를 신고 오는 경우도 있었다. 그럴 때 마다 엄마가 뒤처리를 감당하곤 했는데, 다행히 얼마 후 자연스럽게 치유되었다.

얼마나 오래 앉아있었을까. 정수리가 따끈하게 달아올랐다. 남향이라 볕도 잘 들어 밝은 편이고 큰집은 아니지만 석영 삼남매 모두 이 집에서 성장하고 출가했다. 두 분 돌아가실 때까지 만이라도 지켜져야 할 보금자리였다. 그런데 오빠 때문에 집이 위태롭게 되었다. 해서 석영은 이즈음 설거지 하다 말고 문득, 세탁기에 빨랫감 집어넣다 불현듯, 걱정이 앞을 가리곤 했다.

오랜 상념에서 빠져나온 석영이 머리칼에 손바닥을 가만히 대본다. 따스한 기운이 손을 타고 온몸으로 번져나갔다. 제 몸뚱이보다도 큰 먹이를 등에 지고 가는 개미가 눈에 띄자 애달픈 마음에 들여다보기도 한다. 아버지도 가족들 건사하느라 등허리가 저리 무거웠을 것이다. 엄마에게 도로 타갈망정 대전료를 축내고 가져온 적이 없었다는 아버지의 일생은 가족에게 헌신적인 삶이었다고 평가할 만했다.

친정집도 석영네와 마찬가지로 마당이 콘크리트 바닥이다. 원래는 흙 마당이었지만 비가 올 때마다 질척이는 게 성가셨던 엄마가 어느 날 시멘트로 싹 발라버렸다. 콘크리트 바닥으로 바뀌었을 때의 그 깔끔하고 매끈하던 촉감이 석영은 지금도 기억난다. 학교에서 돌아보니 마당이 변신해 있었다. 당시엔 좋아 보였지만 돌이켜보면 왜 굳이 그랬을까 싶다. 석영의 경우 나이 들수록 점점 더 흙이 좋아지고 있다. 그래서 작년, 겨울이 시작될 즈음 석영 스스로 다짐했던 일이 몇 가지 있는데 그 중 하나가 새봄이 오면 마당 한쪽만이라도 공간을 만들어 봄꽃을 심겠다는 것이었다.

"방으로 들어가자."

부엌에서 나온 엄마의 손에 둥근 소반이 들려져 있다. 내가 손님이유? 뭘 차리고 그래. 석영이 곱게 눈 흘기며 일어나 상을 받는데 소반 한 귀퉁이가 뭉텅 떨어져 나가 있는 것이 두드러져 보인다. 소반에는 갈변이 시작된 사과 한 접시와 설 때 쓰고 남았지 싶은 한과가 수북이 담겨있다.

엄마와 마주앉아 산자를 하나 입에 넣으니 맛이 이상했다. 냉동실 특유의 역한 냄새가 배어있었다. 간신히 꿀꺽 삼키고 나니 엄마가 약과도 먹어보라며 집어준다.

"엄마도 드세요."

건성으로 약과 모서리를 떼어먹던 엄마가 슬쩍 석영의 눈치를 살핀다. 엄마의 손등에 피어있는 몇 개의 검버섯이 안타까워 석영이 그 손을 잡으려고 팔을 뻗으니, 엄마는 기다렸다는 듯 무릎걸음으로 바싹 다가온다. 뭔가 얘기를 하고 싶은지 입술을 달싹이다 다물기도 하고, 석영의 안색을 살피다가 문득 시선을 떨구기도 한다. 짚이는 게 있어 걱정되는 마음에 오긴 했지만 본심을 말하자면 석영, 정말이지 묻고 싶지도 알고 싶지도 않았다. 엄마의 입술이 열리는 순간 자신이 불행해질 것임을 알고 있다. 갑자기 모든 게 싫어졌다. 모른 척하고 싶어졌다. 그 불행, 떠맡고 싶지 않아졌다. 석영은 불현듯 초조해졌다. 어서 빨리 자리 털고 일어서고 싶었다. 석영의 안에서 두 마음이 싸웠다. 어서 일어나서 가버리라는 마음과 그래도 돌아가는 저간의 사정은 들어봐야 하지 않겠느냐는 두 가지 상반된 생각. 석영은 어찌해야 할지 갈피를 잡지 못해 답답한 마음이고, 엄마는 엄마대로 섣불리 말을 꺼내지 못해 갑갑해했다. 답답하고 갑갑한 두 마음이 보이지 않게 밀고 당기는 사이 석영은 하릴없이 한과만 꾸역꾸역 입속으로 욱여넣고, 엄마는 자꾸만 딸 눈치만 봤다. 석영은 약속이 있는 척 부러 과장된 시선으로 여러 차례 시계를 보기도 했다.

"바쁘냐?"

엄마의 말이 신호탄이나 되는 것처럼 석영이 벌떡 일어섰다. 당황한 엄마도 따라서 일어났다. 조급했던지 엄마가 석영이보다 먼저 마당에 내려섰다. 엄마는 하트 모양으로 구멍이 숭숭 뚫린 분홍색 슬리퍼를 발에 꿰었다. 눈에 띄게 허둥댔다.

"버스정류장까지 바래다줄게."

석영이 사양했다. 몇 번이나 그러지 말라고 만류했다. 엄마가 벼르고 있는 말이 두려웠다. 여기서 그만 헤어졌으면 싶었다. 그러나 엄마는 그예 석영을 따라나섰다. 두 사람은 말

없이 걸었다. 정류장에 당도하니 때마침 버스가 도착했다. 잘 됐다 싶은 마음에 얼른 눈인사만 하고 몸을 돌리려던 바로 그 순간 엄마가 다급히, 빠르게 한 문장을 뱉어냈다.

"은행에서 경매경고장이 날아왔다."

석영은 그만 얼음이 되어 두 눈을 질끈 감는다. 그럴 줄 알았다!

"어떡하면 좋으니?"

석영은 자신도 모르게 빽 소리 지른다.

"뭘 어떡해. 저지른 사람이 해결해야지."

"네 오빠가 무슨 돈이 있냐."

"누군 돈 있고?"

"그래도 너는 집도 있고."

"지금 그러니까 나더러 해결하란 말씀이네? 꼴랑 몇 푼 되지도 않은 집!"

"우리가 어떻게든 해보려고 그랬어. 부동산에 내놓은 지 오래됐는데 보러오는 사람조차 없다 글쎄. 봄이 왔으니 매기가 있지 않겠냐. 우선 급한 불이라도 끄고 나서 그 후……"

집 내놓은 지 오래되었다면, 그동안 금융기관에서 보낸 안내장을 여러 차례 받았다는 얘기다. 두 분이 집을 팔아 해결하고자 했으나 그게 여의치 않게 되어 이 지경까지 오게 된 것이다. 느닷없이 경매에 붙여지는 일이란 없다. 일이 어떤 순서로 흘러갔는지 손바닥 들여다보듯 훤히 보인다.

"집 팔리면 대출금 갚고 어디 시골 한적한 곳에 가서 살자고 네 아버지랑 의논 중이었는데, 그만, 이렇게 돼버렸다."

"왜 두 분이 짊어지려고 하는데? 오빠 집 빼서 갚으라고 해."

"전셋집 그거 몇 푼 한다고 빼라 마라 하냐. 네 집 담보로 돈 좀 융통해주면 우리 집 팔리는 대로 갚으마."

"이 서방하고 우리 식구 두 다리 뻗을 데조차 없어 발 동동 구를 때 오빠가 한 푼이라도 보태줘 봤어? 따뜻한 말 한 마디라도 해준 적 있냐고? 그때는 오빠 사업도 그런대로 돌아갈 때였잖아. 엄마 아버지도 오빠와 별반 다르지 않았어. 내가 얼마나 울었는지 알아? 그 서러움, 나, 죽어도 잊지 못해."

오래 전 일이 바로 어제처럼 생생히 떠오르자 석영의 눈에 눈물이 차오른다. 지금 생각해도 분하고 서럽다. 석영은 속사포처럼 내뱉고는 홱 뒤돌아 뛰었다. 잊었던 요통이 다시금 재발했다. 손바닥으로 통증 부위를 힘껏 누르고 달렸다. 어서어서 멀어지고 싶었다. 엄마에게서, 친정집에서.

집에 돌아온 석영은 가방을 마루에 팽개치듯 내려놓고는 공구함을 열었다. 꺼내든 것은 정과 돌망치였다. 이 작은 공구로 가능할지 모르겠지만 콘크리트를 부셔버릴 작정이다. 시멘트를 거둬내고 그 자리에 푸른 생명을 심어서 그것이 건강하게 자리 잡으면 보다 더 많은 면적을 확보하리라.

제라늄과 페튜니아 모종은 어제 사온 그대로 마당에 덩그러니 놓여있었다. 석영이 면장갑을 꼈다. 전화벨이 울린 것은 바로 그때였다.

"안녕하십니까. OO파출소입니다."

면장갑 속에서 석영의 손이 파르르 떨었다. 예전, 아버지의 대전료를 건네받을 때 엄마도 이렇게 떨었겠지.

"듣고 계세요? OO파출소입니다."

"네."

"어르신께 또다시 사고가……"

석영은 두 다리를 한껏 벌려 무게중심을 단단히 잡았다. 왼손에는 정을, 오른손엔 돌망치를 쥐었다. 누군가 그 모습을 봤다면 곧 출정할 전사로 비칠 만큼이나 각오에 넘쳐있었다. 오늘은 무슨 일이 있어도 옮겨 심고야 말겠어! 쭈그리고 앉은 석영이 망치를 번쩍 들어 올렸다가 내려쳤다.

튀어 오른 콘크리트 파편들이 얼굴을 때려도 아랑곳하지 않고 석영은 같은 동작을 되풀이했다. 정을 잡은 왼손엔 더욱 힘이 가해지고 망치를 내려치는 행위 또한 한층 더 사나워졌다. 마당을 깨부수는 것만이 오로지 자신의 소명인양 망치질은 그칠 줄 몰랐다. 가열하고 격렬하게 움직이는 팔 동작에 섞여 그러나, 석영의 의지와는 상관 없는 어떤 영상 하나가 자꾸만 비집고 들어왔다. 꿈속인지 현실인지 기억조차 어슴푸레한 과거의 어느 한때, 아버지가 더블 니 드롭*을 맞고 매트 위에 쓰러졌다. 주심이 원투쓰리 카운트를 마쳐도 녹다운된 아버지는 일어날 줄을 몰랐다. 무수히 많은 패배의 날들이 아버지에게 존재했지만 이처럼 완벽하게 링 위에 뻗은 것은 본 적이 없었다. 석영은 마루에 홀로 앉아 텔레비전을 보고 있었는데, 아버지가 드디어 죽어버린 거라 생각해서 울다 지쳐 잠이 들었다. 얼마나 오랜 시간이 흘렀는지 기억에 없지만 가위에 눌려 고생하다가 겨우 눈을 떴을 때 꿈결처럼 아버지의 목소리가 들려왔다. 아버지는 죽지 않았던 것이다! 석영은 기쁜 나머지 벌떡 일어나 방문을 열어젖히고 달려 나갔다. 마루에는 식구들이 모두 모여 있었다. 석영은 아버지의 너른 품에 덥석 안겼다.

---

* double knee drop : 눕혀놓은 상대에게 다가가면서 점프해서 얼굴을 무릎으로 찍어버리는 기술

"아버지! 그럼 그것도 각본이었던 거예요?"

아버지가 석영을 안아 공중으로 번쩍 들어 올려 빙그르르 돌렸다. 식구들이 와르르 큰 소리로 웃었다.

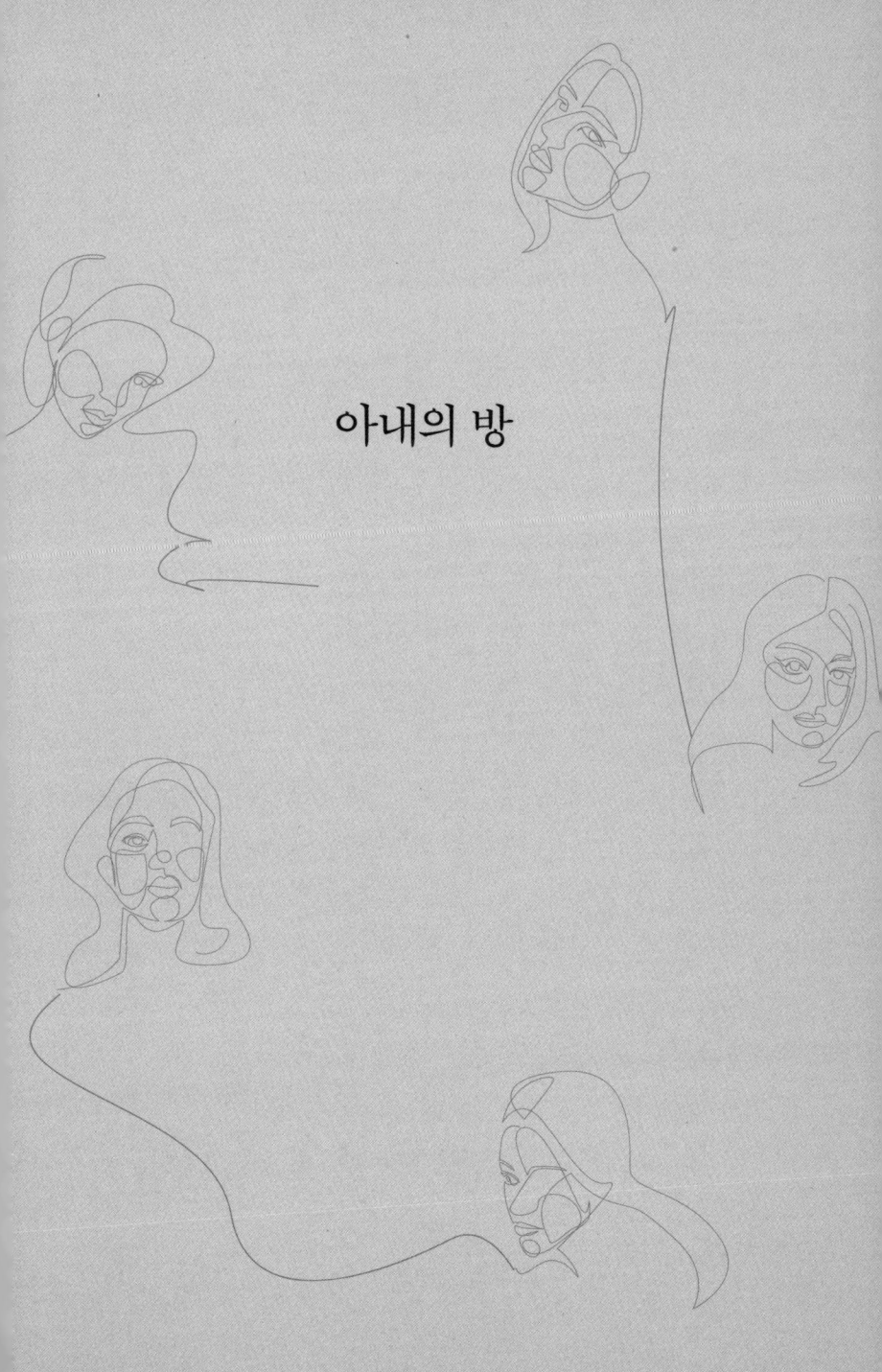

아내의 방

현관문을 여는 순간에야 아차 싶다. 거울을 세워둔 채 출근했던 걸 깜빡했다. 구두를 내던지듯 벗어젖히고 한 걸음에 달려가 수조를 굽어봤다. 아침에는 볼 수 없었던 다량의 거품집이 생겨난 것 외에는 특이사항이 없었다. 특별히 나쁜 징후가 발견되지 않아 다행이다. 그는 하루 종일 수조를 비추고 있었을 거울을 얼른 거둬들였다. 베일테일베타, 그가 베타라고 줄여 부르는 열대어는, 그러니까 아직은 무사했다.

상당히 늦은 시각임에도 대형마트에는 쇼핑객들이 제법 많았다. 밤 문화는 어느덧 도시인들에게 익숙한 것이 되어 있었다. 결코 본의는 아니었지만 그 또한 한밤중 쇼핑을 시작하게 된 지 오래되었다. 그는 두어 달에 한 번 꼴로 장을 보기 때문에 언제나 쇼핑 카트가 비좁을 만큼이나 구입할 품목이 많다. 쇼핑카트를 효율적으로 이용하기 위해서는 상품 배열을 잘해야 한다고 그는 생각하고 있다. 손에 잡히는 대로 마구잡이로 넣다간 쇼핑목록을 다 채우기도 전에 넘쳐나기 때문이다. 이에 대해 그는 자신만의 노하우를 가지고 있고 그 원칙을 대부분 지키고 있다. 제일 먼저 공산품을 구매해야 한다는 게 그의 제일 원칙이다. 공산품 중에서도 부피가 크고 무거운 상품의 순으로, 가능하면 빈 공간이 없도록 주의하면서 촘촘하게 밑에 깔아야 한다. 그래서 여섯 개들이 생수 팩이나 맥주 같은 것을 제일 먼저 집어넣는다. 그 다음으로 주방용품, 욕실용품 등의 딱딱한 물건을 넣고 주스나 요거트, 치즈, 어묵 등이 그 다음 순번이다. 맨 마지막으로 들르는 곳이 레토르트 식품 코너로, 그가 제일 선호하는 장소다. 정육이나 생선 혹은 야채 쪽은 거의 건너뛴다. 야채는 저장기간이 짧아 구입을 생략하는 편이고 생선이나 육류는 요리 과정이 부담스러워 삼가하고 있다. 혼자 먹자고 온 집안에 냄새를 풍길 수는 없는 노릇이었다. 아내는 음식솜씨가 좋은 편이지만 과거 얘기다. 아내가 살림에서 손을 뗀 지는 제법 되었다. 사실 그는, 자신의 아내가 끼니를 챙겨 먹고 있는지의 여부조차 알고 있지 못하다.

　그날도 평소와 동일한 방식으로 장을 본 다음 카트 가득 담긴 것들을 세 개의 장바구니에 나눠넣었다. 이때도 각각의 장바구니에 고루 무게가 실리도록 요령껏 담아야 한다. 마트 주차장까지 카트를 끌고 가서 자동차에 옮겨 싣는 과정이야 어렵지 않지만 집 근처 주차장에 차를 세운 후 장바구니를 들고 가는 일이 간단치 않기 때문이다. 단독주택에 살고 있는 그는 월 주차료를 지불하는 거주자우선주차장을 이용하고 있는데, 그곳이 집과 제법 거리가 있어서 이번처럼 장바구니가 여럿일 경우엔 상당히 번거로운 일이 발생하게 된다. 양손에 장바구니를 들고 집에다 운반해놓은 다음 다시 나와서 나머지 한 개를 가지고 들어가야 하고 또한 그렇기 때문에 배분을 잘못하게 되면 장바구니 하나에 유독 무게가 실리기 때문에 주차장과 집까지 가는 그 동선 안에서 고생을 감수해야 한다.

　장을 다 본 후 카트를 밀면서 무빙워크 쪽으로 걷고 있었다. 주차장으로 갈 요량이었다. 그런데 그만 그의 카트가 다른 고객의 카트와 부딪혔다. 카트의 바퀴가 그날따라 어쩐 일인지 통 말을 들어먹지 않아서 그러지 않아도 신경이 쓰이던 참에 결국 불상사가 일어난 것이다. 그의 의지와는 달리 엉뚱하게 방향을 틀어버린 카트가 남의 것과 부딪친 바로 그 순간 그의 눈을 사로잡은 것이 있었으니, 오묘한 빛깔로 자신의 존재를 드러내고 있는 특이한 물고기였다. 물고기는 작고 투명한 일회용 플라스틱 용기 안에 담겨있었다. 그의 카트와 부딪힌 카트를 잡고 있던 여인 옆에 바싹 붙어 서있던 사내아이가 보물이나 되는 양 소중히 들고 있던 것이었다. 왜 그것이 그의 관심을 끌었을까. 색채 때문이었을까, 모습이 다소 괴기스러워서였을까.

    사과의 말을 상대방에게 건넨 후 그는 무빙워크로 향하려던 카트의 머리를 틀었다. 일체의 망설임도 없었다. 행동이 신중하고 그래서 느린 편에 속하는 그로선 이례적이라 할 만했다. 수족관 코너는 후미진 장소에 위치하고 있었다. 그를 매료시킨 물고기는 쉽게 찾을 수 있었다. 판매원의 설명에 의하면 그 물고기는 열대어이며 학명이 베타스플렌덴스이고 흔히들 줄여서 베타라 부른다고 했다. 종이 수없이 많아 유전자에 따라 이름이 제각각이고, 그 마트에 진열되어 있는 것들은 베타 가운데서도 베일테일베타라는 설명도 곁들였다. 뚜껑 부분이 십자로 절개되어 있는 아주 작은 투명 플라스틱 용기에 한 마리씩 따로 들어있었는데, 굳이 색깔을 말하자면 자줏빛과 푸른빛 두 종류였다. 하지만 우리가 알고 있는 색상 명으로 간단히 표현하기엔 턱없이 부족할 만큼이나 신비로운 색감의 혼재였다. 그는 이 열대어가 마음에 들었다. 그렇다곤 하나 물고기는 길러본 경험이 없어 딱히 구매의사를 굳히지 못한 채 서성댔다.

"미궁기관이라는 보조호흡기관이 있어 산소를 별도로 공급하지 않아도 돼요. 기르기 수월한 편이에요. 암컷보다 수컷이 훨씬 아름답고요. 여기 있는 것은 모두 수컷이에요. 예쁘죠?"

"에어펌프 같은 거 없이도 기를 수 있다는 말씀입니까? 복잡한 건 딱 질색이라서요."

"그렇다니까요. 베타의 장점은 바로 그런 장치 없이도 기를 수 있다는 점이죠."

애지중지 기르던 시추를 잃은 지 얼마 되지 않은 터라 그것이 무엇이든, 심지어 식물이라 해도 집에 들인다는 게 다소 부담스럽기는 했다. 그 자신이야 그렇다 쳐도 아내가 어떻게 생각할지 몰라 망설였다. 그의 사정을 알길 없는 판매원의 눈에는 작은 물고기 하나 사는 게 무슨 큰일이나 되는 것처럼 구는 그가 답답해 보였을 수도 있다.

"저는 와인 잔에 넣어서 기르고 있는데요, 하루 한 번 씩 먹이 주고 이삼일 주기로 물만 갈아주면 그 외엔 신경 쓰지 않아도 돼요."

자세히 보아도 역시 녀석은 색깔만 화려할 뿐 그리 선량한 모습은 아니었다. 동굴 천장에 매달려있는 박쥐같다고나 할까, 디멘터*와 닮았다고나 할까. 음산한 구석이 없지 않음에도 불구하고 그는 마침내 그것을 구입했다. 단 한 마리의 물고기가 살기에는 우스꽝스러울 만큼이나 커다란 수조도 함께.

하루 두 번씩 십오 분 가량 플레이어링**을 해줘야 지느러미 엉킴 현상을 방지할 수 있다기에, 그는 두 번까지는 못해도 하루 한 차례는 꼭 해주려고 노력했다. 거울을 비쳐주면 녀석은 꼬리를 세우고 아가미를 벌렁댔다. 거울을 통해 보이는 제 모습을 적으로 오인한 놈이 또 하나의 자신을 향해 잡아먹을 듯 공격적인 자세를 취하게 되는데, 이때 지느러미가 일제히 일어서기 때문에 엉킴 현상이 방지된다는 것이다. 그래서 거울을 세워뒀던 것인데 깜빡 잊고 치우지 않은 채로 출근했었다. 녀석으로선 하루종일 적과 대치한 것과 같았을 테니 마음고생이 오죽 했을까 싶다. 그는 문득 생각했다. 어쩌면 아내에게도 플레이어링이 필요할지 모른다고.

---

* dementor : 해리포터시리즈에 등장하는 우울증을 형상화시킨 일종의 괴물. 해골마스크에 누더기 로브를 입고 있다. 흉측하게 생긴 외모를 가졌으며 하늘을 날아다닌다. 사람들에게 우울하고 악한 감정을 주입시키며 행복한 감정을 빼앗고 영혼을 빨아들인다.
** playering : 물고기에게 거울을 비추면 거울에 비친 제 모습을 다른 물고기로 오인하여 싸우려고 하는 동작을 일컫는 용어. 플레이어링을 게을리하게 되면 아가미에 지느러미가 붙는 등 엉키는 현상이 생긴다.

애초에 아이를 입양하자고 했던 것도 아내이고 파양을 결정한 것도 아내였다. 그는 조금 더 참고 기다려 보자고 했다. 입양할 때도 그렇게 말했고 파양하려고 할 때도 이건 매우 중요한 일이니 충분히 생각해본 다음에 결정하자고 했다. 아내는 입양할 때는 십년 기다렸으면 됐어, 라는 말로 그의 의견을 거부했고 파양할 때 역시 할 만큼 했다고 딱 잘라 말했다. 바늘 하나 들어갈 틈도 없는 단호한 표정이었다. 과연 그럴까? 하는 의문이 내내 그의 머릿속을 떠날 줄 몰랐다. 그는 돌려보낸 아이에 대한 죄책감으로 많은 나날을 괴로워했다.

입양을 원한 쪽은 아내였지만 정작 시설에 갔을 때는 아내 보다 그가 더욱 적극적이었다. 아이 하나가 그의 마음을 파고 들어왔기 때문이다. 눈동자가 새까맣고 귀여운 인상이었지만 제대로 성장할 수 있을까 의심스러울 정도로 가련하게 야윈 여자아이였다. 아이는 커다란 눈망울 가득 눈물을 그렁그렁 매단 채 엄지를 빨아대고 있었다. 측은해서 차마 외면할 수 없었다. 데려다가 잘 먹이고 사랑도 듬뿍 주고 싶었다. 이십오 개월째에 막 접어든 아이라고 했다. 그가 아이를 지목하자, 갓 낳은 사내아기를 입양하고 싶어 하던 아내는 말문을 닫았다. 아내가 내켜하지 않는다는 걸 눈치 챘지만 키우다 보면 둘이 다정한 모녀지간이 될 거라 믿었다. 그러지 말걸 그랬다고, 아내에게 일임할 걸 그랬다고 때늦은 후회를 했지만 엎질러진 물이었다.

아이와 아내는 끝내 화합하지 못했다. 파양 후 아내는 신경질적으로 변했고, 죄책감 때문일 거라 추측되는 후유증에 시달렸다. 밤잠을 이루지 못하게 된 아내는 부족한 수면을 낮 시간에 보충하기 시작했다. 그때부터였다. 장 보는 것이 그의 몫이 돼버린 것은.

그의 일생은 외로웠다. 아내와 연애 끝에 결혼식을 올리게 되었을 때 주책없이 자꾸만 웃음이 새나왔던 것은 가족이 생긴다는 기쁨 때문이었다. 이제 어머니 따위 기다릴 필요 없어. 내게도 가족이 생겼다고! 이렇게 외치고 싶었다.

입양을 하지 않았더라면 아니 아이를 돌려보내지만 않았더라도, 하는 후회는 이제 와서 부질없는 일이다. 그는 기다리는 중이었다. 아내가 스스로 치유하여 훌훌 털고 일어나기를. 기다림이야말로 그를 이제까지 버티게 해준 가장 큰 힘이었으니까. 일곱 밤만 자면 데리러 온다는 엄마를 기다리며, 친구들이 하나 둘 고아원을 빠져 나갈 때도 우직하게 자리를 지켰다. 일곱 밤이 일곱 달이 되고 칠년이 되어도 그는 같은 장소에서 기다렸다. 기다림을 포기한다는 건 버려졌다는 걸 인정하는 것이어서 그랬다. 기다림은 그에게 처세였다. 그 외에 뭘 할 수 있었을까. 지금의 상황도 그때와 다르지 않다.

　수조를 꾸몄다. 백자갈을 깔고 피브이시 소재 인조수초도 집어넣었다. 진짜 물미역처럼 생긴 인조수초는 무게추가 달려있어 바닥에 굳건히 자리 잡았다. 베타가 심심하지 않도록 미니어처 풍차와 모형 불가사리도 넣어줬다. 아침이면 맨 먼저 베타에게 다가가 밤새 안녕했나 살피고 먹이를 줬다. 붉은색을 띠고 있는 사료는 서너 알만 집어주면 되었다. 줄 때마다 무슨 맛일까 궁금했다. 어떤 먹이는 이따금 즉시 밑으로 가라앉기도 했는데, 이때엔 이내 붉은색소가 사라지고 말아 꺼림칙한 마음이 들었다. 녀석은 떠있는 먹이만 받아먹었지 바닥에 내려앉은 것엔 절대 입질하지 않았다. 그래서 다소 수상스럽긴 했지만 그렇다고 직접 먹어볼 수는 없는 노릇이었다. 베타는 그가 수조 가까이 가면 지느러미를 흔들면서 작은 주둥이를 오물댔다. 먹고자 하는 본능은 물고기라고 예외일 수 없다는 생각이 들었다. 먹이를 삼킬 때 내는 미세한 소리에도 기쁨을 느낄 정도로 그는 녀석을 사랑했다. 먹이를 주고 나면 거울을 비쳐줬다. 시추를 데리고 왔을 때와 마찬가지로 정성을 다해 돌봤다. 그는 물고기가 아니라 지렁이를 사육하라고 해도 누구보다 잘 길렀을 것이다.

아내가 먼저 마음을 잠가버렸다. 당분간 자신을 내버려 달라는 말로 대화의 창도 닫아버렸다. 아이를 돌려보낸 다음날이던가, 그가 아내에게 스킨십을 시도한 것이 화근이었다. 딴에는 아내를 위로하고 싶었다. 이번엔 아내 맘에 드는 아이를 데려다가 정성을 들여 보자고 말할 참이었다. 그러나 아낸 그의 손길을 뿌리치고 작은방으로 건너가 버렸다. 이때부터 그 방에서 똬리를 틀어버렸다. 작은방은 아내의 방이 되어버렸다.

베타의 몸놀림이 나빠졌다. 헤엄치는 품새가 영 시원찮은데다 수조 바닥에 엎더셔 아가미를 벌렁거리는 모습도 종종 눈에 띄었다. 베타가 외로움을 타고 있는 것 같이 생각되었다. 그렇다면 가족을 만들어줘야 마땅할 것 같았다. 가족이란 데에 생각이 미치자 명치끝에 갑작스런 통증이 찾아왔다. 그는 베타에게라기보다 자기연민에 빠져들었다.

청계천 주변은 빛 축제를 구경하러 나온 인파들로 북적였다. 거래처 직원과 저녁식사를 함께 하고 헤어진 참이었다. 어쩐지 귀갓길이 망설여진 이유는 흥청대는 연말 분위기와 약간의 술기운 때문이었을 것이다. 특별한 목적 없이 청계천을 따라 걷던 그의 눈동자에 전류가 들어오듯 반짝 불이 켜진 것은 수족관거리에 다다랐을 때였다. 상점마다 붉고 푸르고 노란 물고기들이 넘쳐났다. 가히 다채로운 관상어들의 향연장이었다. 세상에 존재하는 빛깔은 죄다 모여 있는 것 같았다. 밤 시간대라 더욱 과장된 느낌을 받았을 수도 있다. 마트 수족관과는 비교할 수 없을 정도로 다양한 물고기들이 전시되어 있었다. 그는 내키는 대로 한 상점에 들어갔다. 그곳에서 그의 눈을 사로잡은 것은 형광색으로 빛나는 푸른색 몸뚱이에 타원형 지느러미를 가진 물고기였다. 특히나 지느러미 끝부분이 피처럼 붉고 눈부시게 화려했다. 이 물고기가 어쩌면 집에 있는 베타의 외로움을 덜어줄 수 있을지도 모른다고 생각했다.

물고기를 보면서 생각에 잠겨 있는 그의 곁으로 주인이 다가왔다. 왕방울 눈에다 입매가 붕어를 빼다 박은 사람이었다. 갑자기 쿡 터지려는 웃음을 그는 사력을 다해 참았다.

"하프문베타입니다. 화려하죠?"

"베타스플렌덴스 종이군요."

"아, 잘 아시네요."

그가 녀석을 사겠다고 하자 주인은 뜰채로 하프문베타를 잡아서 비닐봉지에 담은 다음 수족관 물을 듬뿍 넣어줬다.

"베타들은 성질 사나운 거, 알고 계시죠?"

"생긴 것만 봐도 그래 보입니다."

희망에 부푼 그가 주인의 말에 실없이 대꾸했다. 처음 볼 때부터 성질깨나 있겠다 싶긴 했다. 그래봤자 물고기다.

모양새도 그러려니와 빛깔까지 유별나다 보니 하프문베타는 지하철 승객들의 눈길을 한 몸에 받았다. 그 가운데서도 유별나게 관심을 표한 남자아이 하나가 있었는데 그 아이는 잠시 후 아니나 다를까 똑같은 물고기를 사달라며 제 엄마를 조르기 시작했다. 신기한 표정으로 아이와 함께 물고기를 구경하던 아이 엄마의 태도가 금세 돌변했다. 저런 거 빨리 죽어. 병아리 길러봤잖아. 아이 엄마는 아이 손을 끌다시피 하면서 속히 다음 칸으로 넘어갔다.

베타가 두 마리이니 이름을 지어주기로 했다. 애초에 베타로 부르던 놈은 녀석의 학명인 베일테일베타의 앞부분을 따서 베일로 개명하고, 새로 들여온 놈도 앞부분만 따서 하프문이라 작명했다. 하지만 소리 내어 부를 일이 없을 것이니 실은 이름 따위 필요치 않았다.

베타 아니 베일은 여전히 저기압 상태였다. 녀석은 자신이 제작한 거품집 아래에 죽은 듯 숨어있었다. 수컷 베타는 발정기가 되면 수조 윗부분에 거품집을 만든다고 들었다. 혹시 그런 이유로 며칠 녀석의 기분이 저조했던 것일까. 그렇다면 암컷을 사왔어야 했는지도 모른다. 배설물도 다른 때보다 많이 고여 있었다. 수조가 더러우면 물고기 건강에 좋지 않은 영향을 미치므로 물부터 갈아주기로 하고 일단 베일을 채집통으로 옮겼다. 평소에는 뜰채로 잡으려고 하면 도망치기 바빴는데 이번에는 아무런 저항 없이 쉽게 잡혔다. 작은 채집통으로 옮겨진 후로도 거의 움직임이 없어 그를 불안하게 만들었다. 수조를 모두 정리한 후에는 베일과 하프문을 합사했다. 그는 이들이 단란한 가족이 되기를 염원했다. 이때 어쩔 수 없이 파양해버린 아이의 얼굴을 떠올렸다. 아마도 한동안은 그런 현상을 겪게 될 것이다. 그는 조금 우울해졌다.

낯선 녀석이 자신의 영역에 들어왔음에도 베일은 특별한 움직임을 보이지 않았다. 수초 사이에 은신한 채 배지느러미를 달싹거릴 뿐이었다.

샤워 중에도 그의 머릿속에는 두 녀석 생각뿐이었다. 얼른 옷을 갈아입고 거실로 나와 보니 베일은 여전히 같은 장소에 얌전히 떠있는 반면 하프문은 너른 수조가 비좁다는 듯 활달하게 돌아다니고 있었다. 그의 눈에는 주인과 객이 바뀐 것처럼 보였다. 벌써 나름의 위계질서가 잡혀버린 것일까. 굴러들어온 돌이 박힌 돌을 빼는 식이 된다면 마음이 편치 않을 것 같았다. 약간의 불편한 심정으로 녀석들을 보다가 그는 문득 자신과 아내의 처지를 되돌아봤다. 십년이란 세월은 이들 부부를 참 많이도 변화시켰다. 아기가 생기지 않자 아내가 그의 눈치를 살피기 시작했다. 그가 담배를 손에 쥐면 어느 사이 재떨이를 대령했으며 별 생각 없이 커피가 몸에 좋지 않다는 말을 신문기사를 인용하여 한 마디 한 후로는 다시는 커피 마시는 모습을 볼 수 없었다. 지나가는 말로 특정 음식에 대해 얘기하면 하루 이틀 새 어김없이 밥상에 오르기도 했다. 아내는 남편을 위해 태어난 사람인 듯 지나치게 그의 비위를 맞추기 시작했다. 변모해가는 아내를 지켜보면서 가슴이 아렸다.

아내의 입양 결심은 텔레비전에서 방영된 다큐멘터리 프로그램에서 촉발되었다. 화면에 빨려 들어갈 것처럼 눈 하나 깜빡이지 않고 열중하던 아내는 이후 열렬히 입양을 원하게 되었다. 여러 해 동안 잘 견디던 아내가 조급하게 굴기 시작했다. 컴퓨터로, 휴대전화로 아내는 입양이라는 두 글자를 열심히 입력하면서 정보를 수집했고 마침내 실행에 옮겼다. 그렇게 원해서 데려왔음에도 아내는 아이와 마음을 주고받지 못했다.

하프문과 베일을 합사한 이튿날 아침, 그는 여느 날보다 일찍이 잠에서 깨었고 일어나자마자 수조로 갔다. 실은 선잠을 잤다는 게 옳다. 왠지 불안하고 신경이 쓰였다. 시추가 가출하기 전날 밤도 이상하게 마음이 안정되지 않더니 그예 안 좋은 일이 일어났었다.

  아, 수조에서는 놀라운 일이 벌어지고 있었다. 화려한 지느러미를 부채모양으로 활짝 펼친 하프문이 아가미를 벌렁대며 베일을 공격하고 있었다. 베일은 아주 잠시 꼬리에 힘을 주는 것 같이 보이기도 했지만 싸울 의사가 없어 보였다. 그는 베일의 반격을 기다렸지만 그런 일은 일어나지 않았다. 베일은 전의를 상실한 듯이 보였다. 하지만 그 이유가 하프문 때문은 아닐 것이라는 생각이다. 이미 며칠 전부터 기운이 빠져있었으니까. 어쨌든 그가 해야 할 일은 단 하나, 다치기 전에 둘 중 하나를 건져내는 것이었다. 급한 대로 손을 수조 속으로 쑥 집어넣었다. 잠옷 겸해서 실내에서 입는 티셔츠 소매가 물에 젖었지만 상관없었다. 두 녀석 다 미끈거리는 통에 좀체 손에 잡히지 않았다. 그러는 어느 순간 하프문이 베일의 꼬리지느러미를 물고 늘어졌다. 어찌 손 써볼 사이도 없이 베일의 꼬리지느러미가 찢겨나갔다. 그의 귀에 녀석의 비명이 들리는 것 같았다. 아니 매서운 추위에 떨고 있을 집 나간 시추의 울음소리였다. 아니 파양당해 돌아간 가련한 아이의 울음이었다.

하프문을 꺼내는 걸로 둘의 격리작업을 끝냈지만, 하필이면 아침에 전투가 벌어진 이유에 대해 분석해 봤다. 하프문은 새 보금자리에 대한 적응이 필요했을지 모른다. 아무리 자신감에 차있었기로서니 그래도 낯선 환경이다. 밤새 베일을 이리저리 실험해봤을 테고, 드디어 자신이 상대보다 우위라는 걸 깨달았을 것이다. 그 순간이 바로 아침시각이었던 거다. 밤새 시달렸을 베일을 생각하자니 짠했다. 약육강식, 승자독식, 우승열패, 적자생존, 뭐 이런 단어들이 그의 머릿속을 떠날 줄 몰랐다. 분노가 치밀었다. 성질 사나운 건 알고 계시죠? 수족관 주인의 말소리가 하루 종일 이명처럼 귓속에서 잉잉댔다. 그게 그 얘기였나. 채집통으로 쫓겨난 하프문은 공간이 작거나 말거나 여전히 활달하게 움직이고 있었다.

열렬하다고 할 수는 없었지만 서운하지 않을 만큼 사랑했고 다들 그렇듯이 이따금 다투기도 하면서 아내와 십년을 살았다. 그의 나이도 이제 마흔 줄에 접어들었다. 약간의 아쉬움이 없지는 않겠지만 아기가 없다고 삶에 특별한 지장을 초래하진 않을 것이란 게 그의 생각이었다. 아기에 관해 그의 사고는 유연한 편에 속했으며 그의 기억에, 아기문제로 아내에게 부담 준 적은 없었다.

파양 이후 변해가는 아내가 안쓰러워 그가 어느 날은 눈처럼 새하얀 시추를 데리고 왔다. 유기견보호소에서 입양한 강아지였지만 그 사실을 아내에게 굳이 말할 필요는 없었다. 입양이라는 단어를 입에 올리는 순간 아내가 파양해버린 아이를 떠올릴 수 있기 때문이었다. 시추는 사자머리에 눈이 앞으로 튀어나오고 납작한 코가 귀여운 애교 넘치는 강아지였다. 아내는 시추를 마음에 들어 했다. 목둘레에 빨간 리본을 달아주면서 즐거워했다. 하지만 이 또한 오래 가지 못했다. 시추가 아내보디 그를 더 따랐기 때문이다. 자신을 따스한 보금자리로 데리고 와준 은인에 대한 나름의 충성표시였을까, 아내와 잘 놀다가도 그가 귀가하면 그의 뒤만 졸졸 따라다녔다. 그 행동이 유난스러워 농담을 한 적이 있었다. 얘가 왜 이러지? 혹시 나 없는 사이 당신이 구박하는 거 아냐? 말이 끝나기 무섭게 아내의 얼굴에서 핏기가 가셨고 한번 굳은 표정은 풀리지 않았다. 아내는 파양했던 아이를 내심 떠올렸을 것이다. 그의 마음이 무거워졌다.

그로부터 한 열흘 정도 지났을까, 시추가 보이지 않았다. 그가 두리번거리자 아내가 건조한 목소리로 말했다.

"찾지 마. 개, 집나갔어."

개, 집나갔어, 라고 했을 수도 있다. 어쨌든 그 표현에서 시추에 대한 아내의 반감이 물씬 묻어났다.

"대문을 잠깐 열어놓았더니 어느새 없어졌더라."

이렇게 짧게 덧붙였다. 캐물을 수 없었다. 아내가 화낼 것 같았다. 아내가 성내면 둘 사이는 더 나빠질 것이니 조심해야 했다. 이후로 그는 거리에서 비슷하게 생긴 강아지가 눈에 띄면 혹시 자기가 기르던 시추가 아닐까 가슴이 두근댔고, 퇴근 시간이 다가오면 어쩌면 오늘은 돌아와 있지 않았을까 기대하게 되었다. 마트에서 열대어를 만난 시점은 시추의 귀환을 포기할 즈음이었다.

물론 아내는 절대로 열대어를 돌보지 않았다. 먹이를 주는 것도 환수도 당연히 그가 맡아 했다. 뭐 그런 문제에 불만이 있는 건 아니다. 오히려 그 반대였다. 무언가를 돌보는 일을 빼앗기고 싶지 않았으니까.

하프문에게 당한 녀석을 그대로 두고는 출근할 수 없었다. 주위들은 상식대로 물과 천일염을 백 대 이 비율로 섞어 소금물을 만들고는 수조의 물 가운데 사분의 삼 정도를 버린 후 만들어놓은 소금물을 수조에 부었다. 수초 사이에 작은 몸을 숨긴 채 거의 움직이지 않고 있는 베일을 보고 있자니 가련해서 콧등이 다 시큰할 지경이었다. 그는 스스로 생각해도 열대어를 향한 자신의 애틋한 감정이 수상했다. 열대어뿐만 아니라 시추를 향한 애정도 아내의 눈으로 봤을 땐 거슬렸을 수 있다. 불현듯 그는, 자신도 아내와 마찬가지로 아기를 원하고 있었는지 모른다는 생각을 처음으로 하게 되었다.

그는 회사 근무 중에도 문득문득 베일을 생각했다. 상태가 나아졌길 바라면서 퇴근길에 복주머니 모양을 한 작은 어항과 생먹이를 사가지고 귀가했다. 복주머니는 하프문의 새 보금자리용으로 산 것이고 생먹이는 베일을 위한 것이었다. 집에 돌아와 보니 아침에 난장판을 벌여 놓은 상태 그대로인 채로 바가지, 소금봉지, 걸레 같은 것들이 어지럽게 널려 있었다. 대체 아내는 하루 종일 뭘 하며 사는 것일까. 문득 아내의 시간들이 궁금해졌다.

그는 채집통에 들어있던 하프문을 복주머니어항으로 옮겼다. 네가 베일을 공격한 벌이다. 넌 이제부터 이 작은 어항에서 지내야 할 것이다. 좁아서 불편할 테지만 자업자득인 거 알지? 그는 마음속으로 하프문을 꾸짖었다.

두 베타는 각기 다른 자신의 보금자리에 살면서 이웃하게 되었다. 하프문이 베일을 향해 이따금 아가미를 벌렁대면서 꼬리를 꼿꼿이 세우기도 했지만 베일은 하프문이 그러거나 말거나 도통 관심 없어 보였다. 베일에게 특히 마음이 쓰인 그는 베일의 먹이를 인공사료에서 냉동장구벌레로 아예 교체하고 소금욕도 꾸준히 해줬다. 한번 마음먹으면 그것에 정성을 들이는 일에 그는 예전부터 소질 있는 사람이었다. 그럼에도 베일의 상태는 좀체로 좋아지지 않았다. 특히나 너덜너덜해진 꼬리지느러미는 시간이 흐를수록 점차 허옇게 변색되더니 깨알 같은 점까지 여럿 생겨났다. 어떻게 해야 건강을 되찾을 수 있을지는 그로서도 알 수 없는 일이었다. 물고기 병원이란 게 혹시 있는 것일까? 반려동물 치료기관이 있으니 물고기 치료기관도 있지 않을까? 그는 그런 문제에 대해 잠깐 생각하기도 했다.

그는 아침에 일어나면 열대어에게 먹이를 준 다음 스스로 밥을 차려먹고 집을 나섰다. 저녁이면 돌아와 또 물고기를 돌봤다. 그의 출퇴근 시간은 시계와도 같이 거의 정확했으며 귀가 후에 하는 일도 한결같았다. 그의 천성이다.

아내와 눈을 맞추고 대화하던 때가 아득히 먼 옛날 같이 여겨졌다. 그는 막연히 예측한다. 엄마가 그랬듯이 언젠가는 아내도 떠날 것이라고. 그러나 그 스스로 아내를 버리는 일은 없을 것이다. 기다림에 이골이 난 그는 언제까지라도 참을 수 있기 때문이다.

일부러 늑장 부리며 출근을 미루고 있었다. 그가 거실에서 서성이고 있는데 드디어 아내의 방이 열렸다. 잠을 설친 것이 역력한 얼굴로 아내가 나왔다. 그녀가 순간 흠칫했다. 아직도 집에 머물러 있다니, 라고 나무라는 듯했다.

"여보, 오늘이 우리 결혼기념일인데."

아내가 그의 얼굴을 흘낏 일별했다. 그래서 어쨌다는 거야?, 이렇게 묻고 있었다. 그는 모욕감을 느꼈고 아내가 조금 미웠다.

퇴근길, 결혼기념일 같은 건 염두에 두지 않기로 작정한 그가 다양한 조개들로 구성돼있는 조개바구니를 샀다. 조개들이 베일의 공간을 아름답게 장식해줄 것이라 기대하니 기분이 다소 나아졌다. 그러나 조개바구니는 무용지물이 되고 말았다. 아가미가 시커멓게 변한 베일이 수조 바닥에 가라앉아있었다. 어쩌면 소금욕의 농도조절이 잘못되었을 수 있다. 아니다. 소금욕을 시킨 이튿날이면 반드시 환수를 해줘야 하는데 그걸 게을리 했던 탓일 수도 있다. 그랬던가? 물을 갈아주지 않았던가? 이상하네. 내가 그런 실수를 할 리 없는데. 머릿속으로 수많은 생각을 굴려봤지만 결론을 도출하지는 못했다.

포장조차 풀지 못한 조개바구니와 함께 베일이 들어있

는 수조를 통째로 마당에 파묻었다. 그로부터 며칠이 경과한 일요일 오전, 그 전날부터 비실대던 품이 아무래도 불안하던 하프문도 그예 죽고 말았다. 녀석은 배를 드러낸 상태로 수표면에 상승해 있었다. 그는 자신의 미숙한 사육을 한탄하면서 하프문이 들어 있는 복주머니어항을 들고 마당으로 나갔다.

복주머니어항을 묻느라 파냈던 흙을 도로 메운 다음 발로 꾹꾹 다지고 있을 때 느닷없이 장모가 들이닥쳤다. 아니 느닷없다는 표현은 틀렸다. 별스럽게도 아내가 오전 내내 요리를 하고 있던 것을 보면 장모의 방문은 예고된 것일 터였다. 단지 그에게 고지되지 않았을 뿐이다.

장모와 아내, 그, 이렇게 셋은 함께 점심밥을 먹었다. 채널을 바꿔가며 드라마 재방송도 봤다. 장모는 자고 갈 거라고 말했다. 그래서 그들 셋은 저녁식사도 같이 했다.

"자네, 참 고맙네."

아내가 평범한 주부의 모습으로 설거지하고 있을 때 장모가 그에게 말했다. 무슨 의미인지 헤아리느라 선뜻 할 말을 찾지 못해 머뭇대자니 장모가 이어서 덧붙였다.

"두 사람 이렇게 화목하게 잘 사는 모습 보니, 내, 자네가 고마워."

그의 기분이 갑자기 울적해졌다. 사실은 그렇지 않다고 이실직고해야 했지만 그럴 수 없어 우울했다. 세 사람은 밤늦게 하는 코미디프로도 소파에 나란히 앉아 시청했으며 심지어 재미난 대목이 나오면 함께 낄낄대기도 했다.

월요일 아침 세 사람은 그의 자동차에 동승했다. 회임에 용한 한의를 알고 있으니 가보자는 장모의 간곡한 청을 거절할 수 없었다. 그나 아내나 둘 다 난감했으나 어쩔 수 없었다. 회사 출근을 늦춘 채 세 사람은 한의원에 갔고 한약을 처방받았다. 결코 원한 바는 아니었으나 사상의학에 입각한 체질진단까지 받았다. 장모는 딸과 사위의 비정상적인 관계에 대해 추호의 의심도 하지 않았다. 그랬기에 다음과 같이 당부할 수 있었을 것이다. 부부가 함께 복용하면 좋다니까 열심히 먹도록 하게.

그는 한약을 찾고 싶지 않았으나 한의원에서 하루가 멀다 하고 문자를 보내는 통에 내버려 둘 수 없는 처지가 되고 말았다. 복용하든 말든 어쨌든 가져와야 했다. 점심밥을 거르면서까지 찾아온 한약은 두 박스로, 아내와 그의 이름이 큼지막하게 매직펜으로 적혀 있었다. 그는 양손에 종이박스를 들고 나와 자동차 트렁크에 넣었다. 운전하는 내내 화가 났다. 가짜로 살고 있는 자신을 향한 분노였다. 자동차가 회사 주차장의 차단기를 통과할 즈음엔 자기혐오의 감정이 보다 격해졌다. 마침내 주차를 마쳤을 때엔 자신을 향한 모멸감이 한계에 도달했다. 그는 트렁크를 거칠게 열었고, 종이박스를 꺼내 주차장 바닥에 패대기쳤다. 터져 나온 박스에서 파우치가 와르르 쏟아졌다. 나머지 한 박스도 마저 꺼내 내동댕이쳤다. 그래도 직성이 풀리지 않자 이제는 구둣발로 파우치를 짓이기기 시작했다. 포장 팩을 뚫고 나온 액체가 주차장을 검게 물들였다. 그의 구두에, 바짓가랑이에, 심지어는 얼굴에까지 검은 액체가 튀어 올랐다.

그는 물티슈로 얼굴과 옷을 닦고 구두 밑바닥까지 깨끗이 닦았다. 화장실 거울을 통해 자신의 모습을 점검한 후에는 경비실에 들러 주차장 청소를 부탁했다. 그가 칠 층 사무실에 도착했을 때엔 조금 전 그런 일이 있었던 사람이라고는 믿을 수 없을 만큼이나 평온한 얼굴이었다.

계절이 바뀌었다. 그의 집 마당에 이런저런 봄꽃들이 피어나기 시작했다. 그즈음 실로 오랜만에 아내가 말을 걸었다.

"자동차 좀 써도 될까?"

안 될 까닭이 없었다. 아내가 필요로 할 경우 그것이 무엇이 됐건 거절한 적은 거의 없었다. 대중교통을 이용하여 귀가하던 그날의 퇴근길, 그가 거주자우선주차장 인근에 다다랐을 때 마침 아내가 자동차에 막 열쇠를 꼽고 있었다. 의외였다. 벌써 나갔을 줄 알았다. 어, 늦게 나가네, 라는 그의 말은 허공중에 저 홀로 흩어졌다. 아내는 정장차림이었다. 정성껏 단장한 듯한 모습이 그의 눈에 예뻐보였다. 그는 생각했다. 어쩌면 아내는 플레이어링을 하기 위해 나서는 길인지도 모른다고. 아내는 이제 세상과 소통을 시작하려는 것인가.

자동차의 뒤꽁무니까지 시야에서 완전히 벗어났을 때에야 그는 집으로 들어갔다. 아내의 방은 잠겨있었다. 열리지 않는 방이 수상했다. 수상하다고 여기니 궁금했고 궁금하니 반드시 들어가 봐야 할 것 같았다. 입주할 때 각각의 방 열쇠를 두벌씩 받은 터라 방에 들어가 보는 것이 불가능한 일은 아니었다. 아내가 대부분의 시간을 보내고 있는 방에는 붙박이장과 좌식형 경대가 있다. 붙박이장은 이사 들어올 때부터 있었고 경대는 안방에 있던 걸 옮겨놓은 것이다. 어느 날 퇴근해서 들어와 보니 경대가 놓여있던 자리가 텅 비어 있었다.

그가 아내의 방에 들어갔을 때 경대와 붙박이장 외에 보자기에 덮여있는 무엇인가가 있었다. 울퉁불퉁한 모양새로 짐작컨대 옷가지 등속을 마구잡이로 포개놓고는 보기에 흉하니까 보자기로 덮어놓은 것 같이 보였다. 낯익은 붙박이장과 경대를 보면서 그는, 그와 아내 역시 이 방에 놓여있는 가구들과 별반 다르지 않다고, '본래 가구들끼리는 말을 하지 않는'• 법이어서 두 사람 사이에 대화가 없는 것이라고 생각했다. 그와 아내가 가구라면 말을 하지 않고 사는 것이 설명된다.

아내가 어째서 방을 잠그지 않으면 안 되었는가에 대해 알아보기 위해 그는 우선 붙박이장을 뒤져보기로 했다. 장롱 내부를 가로지르고 있는 금속제 봉에는 아내의 옷들이 가지런히 걸려있었고 그 아랫부분으로는 이단서랍이 있었다. 이 단서랍 아래쪽에는 속옷, 스타킹, 면양말, 스카프 등의 소품이, 위쪽에는 티셔츠라든가 잠옷, 돌돌 말아놓은 몇 개의 벨트 같은 것이 들어있었다. 특별할 것 없었다. 이번에는 경대 서랍을 열었다. 목걸이와 귀고리, 반지 따위가 굴러다니고 있을 뿐 이 또한 의심스러운 구석이 없었다. 이제 마지막으로 보자기를 벗기는 일만 남았다. 아내가 기거하는 방은 워낙 작아서 사실 이것저것 뒤지고 자시고 할 건더기도 없었다.

그가 보자기를 들추는 행위와 엉덩방아를 찧은 것은 거의 동시에 일어났다. 놀랍게도 보자기 안에는 한때 베일이 살

• 도종환의 시 〈가구〉에서 인용

던 수조와 하프문이 헤엄치던 복주머니어항이 함께 들어있었으며 두 물건 안에는 자줏빛 사랑초가 흐드러지게 피어있었다. 가녀린 줄기는 구부러져있었고 나비 같은 꽃잎들이 몸을 맞대고 포개져있었다. 당신을 버리지 않음, 이라는 꽃말을 가진 멕시코가 원산지인 열대식물이다. 볕을 좋아해서 형광등 불빛만 봐도 꽃잎이 만개하지만 빛을 받지 못하면 여린 꽃잎들은 날개를 접는다. 사랑초는 그의 집 마당 한쪽에 자생하고 있던 것이다. 그것을 아내가 캐내서 옮겨 심은 모양이다. 그런데, 왜, 어쩌시 땅속에 파묻은 수조와 복주머니어항을 이리로 가지고 들어왔을까. 그리고 왜 그곳에다 사랑초를 옮겨 심었을까. 또한 어째서 비밀스럽게 보자기 안에 숨겨놓았을까. 혹시 아내는 스스로의 힘으로만 사랑초를 꽃피우고 싶었던 것일까. 심지어는 자연광의 도움조차 받고 싶지 않았던 것일까. 그래서 자신이 집에 없을 때엔 꽃잎이 만개하는 것조차 허락하기 싫어 보자기를 덮어 씌어놓고 나간 것일까. 입양아를 들일 때도, 시추를 기를 때도 아내로 하여금 수동적인 역할을 하게 만들어서 그를 원망하고 있는 것일까.

    그는 마루로 나와 담배를 입에 물었다. 라이터를 든 손이 떨고 있었고 심박동도 빨라졌다. 흙으로 들어찬 수족관과 복주머니어항 안에는 베일과 하프문이 있을 것이다. 물고기가 들어가 있는 채로 마당에 파묻었으니까. 아내는 죽은 열대어와 함께 살고 있었던 거다. 필터가 다 타들어가도록 담배를 물고 있던 그의 머릿속에 섬광처럼 시추가 스쳐갔다. 꼬리치면서 기어오르던 귀여웠던 시추. 시추는 어쩌면, 집을 나간 것이 아닐지도 모른다. 불현듯 스치는 아득함!

그가 마당으로 쏜살같이 튀어나갔다. 삽을 움켜잡은 손에 힘이 들어갔다. 그는 땅을 파기 시작했다.

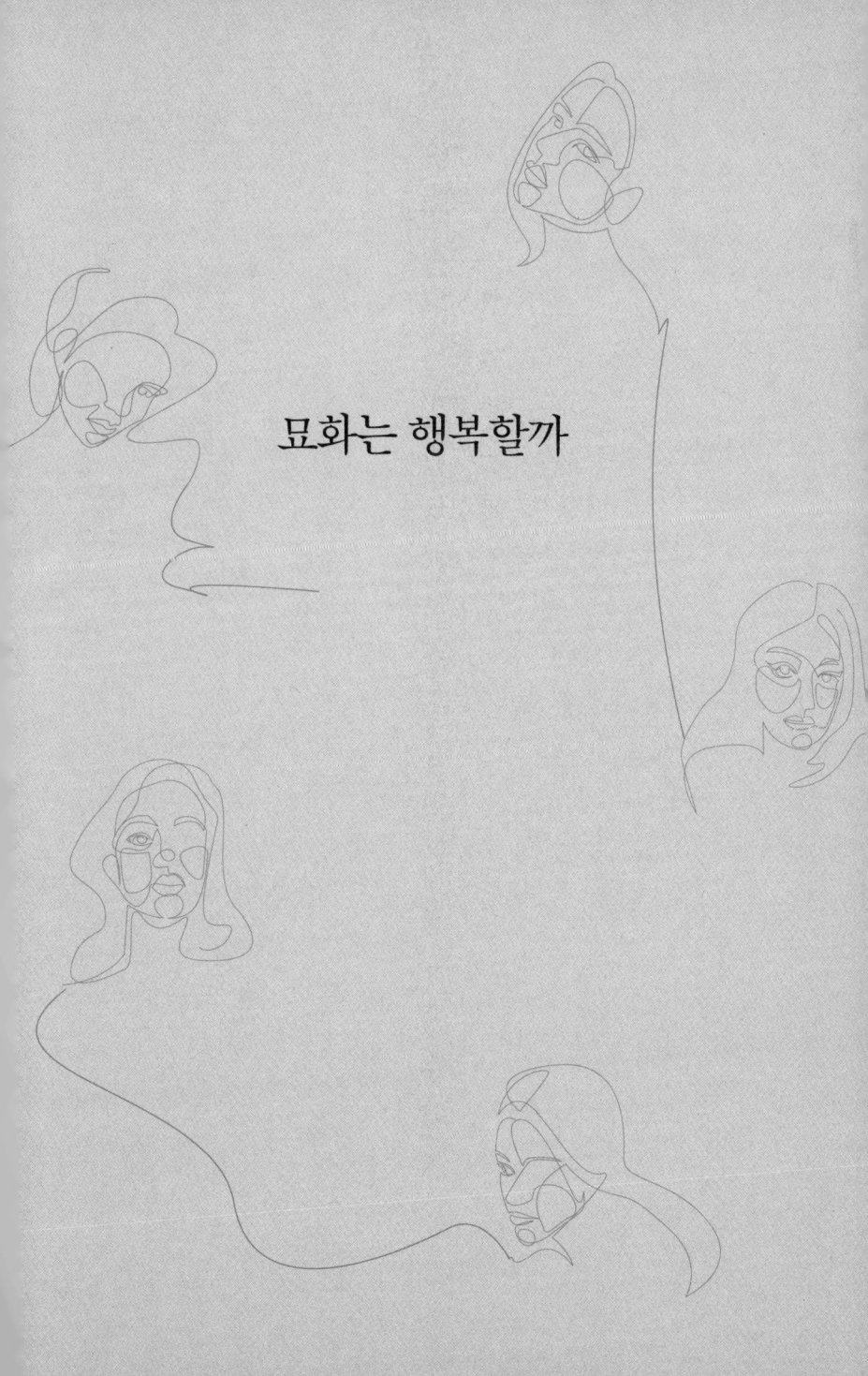

묘화는 행복할까

처음엔 내키지 않았다. 마음이 움직이지 않았다는 건 일종의 경고일 수 있었다. 그럼에도 경고등을 무시했다. 동창회가 있을 때마다 매번 연락을 받긴 했지만 참석해본 적은 한 차례도 없었다. 이번에도 평소 하던 대로 해야 했었다. 그랬더라면 묘화를 회상할 일이란 생겨나지 않았을 것이고 끔찍했던 지난 시절로 뛰어 들어가게 되는 일 또한 벌어지지 않았을 것이다. 식사 도중 누군가의 입에서 툭, 그 이름이 튀어나오던 순간 내 의식은 이십년 안쪽의 삶으로 순식간에 회귀했다. 그때 깨달았다. 묘화가 내 인생에서 악몽 같은 존재로 계속 들러붙어 있단 것을. 잊었다고 생각한 건 착각임에 분명하다는 걸.

동창 중 하나가 말했다:

"묘화, 미국에 살고 있다더라."

"집에 수영장도 있다지?"

"수시로 가든파티도 연다고 하네."

내가 놀란 이유는 묘화가 부자여서가 아니다. 남편의 전처아들을 보살피고 키워서 미국의 명문 사립대를 졸업시켰다는 말 때문이었다. 전처아들이라니? 그렇다면 묘화는 후처로 들어갔다는 말인가? 이게 대체 무슨!

많은 사람들이 과거의 한 시절로 돌아가고 싶어 한다. 반대로 지나간 일 따윈 생각하고 싶지 않은 사람들도 비슷하게 많을 터인데, 행복하지 못한 과거를 갖고 있는 사람들이 이 경우에 해당될 것이다. 나로 말할 것 같으면 과거의 어느 한 시점은 삭제 버튼을 눌러 없애고 싶을 만큼 불쾌한 기억의 집합체다.

식사 자리에서 묘화가 화제에 오르지 않았더라면 혹은 내가 동창회에 참석하지 않았더라면 과거를 떠올릴 일이란 없었을 것이다. 까마득히 잊고 있던 일이었다. 그런데 이젠 그럴 수 없게 되었다. 묘화의 이름을 듣는 순간 묘하게도 묘화라는 한 개인 뿐 아니라 잊고 싶었던 나의 과거사 전부가 기어 올라왔으니까. 자물쇠로 단단히 걸어 잠갔던 창고 속 물건들이 한꺼번에 대방출되듯이. 두 동생의 잇따른 사고사와 싸움이 일상이던 부모, 사진과 관련된 언짢은 기억, 친구들과 얽히고설킨 일까지 몽땅 다.

맨 처음 떠오른 기억은 사진에 관한 것이었다.

사진

나는 유치원에 다닌 적이 없기 때문에 유치원 졸업앨범이 없다. 그렇다면 내 졸업앨범 가운데 제일 오래된 것은 초등학교 졸업엘범일 텐데, 유감스럽게도 그 사진첩 속에 내 얼굴은 없다. 독사진을 찍기로 되어 있던 날 맹장수술인가로 인해 결석했기 때문에 사진을 찍지 못했다. 당시 사진사가 학교로 출장 와서 촬영을 했는데, 나는 있어도 그만 없어도 그만일 만큼 특징이 없던 존재여서 담임은 자기 반 아이 하나가 그날 사진을 찍지 않았다는 사실을 알아차리지 못했다. 아니 결석자가 있단 걸 모를 리 없었겠지만 금세 잊었을 것이다. 그렇다면 졸업앨범에 함께 수록되는 단체사진의 경우는 어땠을까. 하필이면 내 앞줄에 키 큰 아이가 자리 잡고 있던 탓에 그 사진에서도 내 얼굴은 찍히지 않았고 왼쪽 팔만 겨우 나왔을 뿐이다.

나에겐 중학교 입학 기념사진도 없다. 장기전 양상을 띠던 부모의 불화가 마침내 협의이혼으로 끝맺은 시점이 바로 그 시기여서, 나의 부와 모 가운데 어느 누구도 입학식에 참석하지 않았다. 아버지는 미련 없이 짐을 꾸려 나가 부재한 상태였고, 엄마는 자신의 박복한 팔자타령에 함몰되어 딸자식 입학식에 신경 쓸 겨를이 없었다. 아버지는 아들자식들이 이년 주기로 잇따라 사고사한 책임을 전적으로 엄마에게 떠넘겼다. 엄마가 아이들을 제대로 건사하지 않았기 때문이라고 했다. 자식 잃은 슬픔에다 남편의 비난까지 감당해야 했기에 그 몇 년 사이의 엄마는 세상에서 가장 불행한 여자였다. 부부는 비극적인 사건이 남긴 상처를 극복하지 못하고 마침내 갈라서게 된 거였는데, 하나 남은 딸자식이 어서 자라 중학생이 되기만을 학수고대하고 있던 것처럼 내 중학교 입학식 무렵 두 사람은 일체의 것을 선명하게 매듭지었다. 거의 모든 아이들이 갖고 있었지만 내게만 없던, 그래서 입학선물로라도 갖고자 열망했던 카세트플레이어는커녕 인기가수 노래 테이프 하나도 받지 못한 채 나는 홀로 입학식에 참석했다. 아무도 중학생이 된 나를 축하해주지 않았다. 그러니 입학 기념사진이 있을 턱이 없다.

불행한 가족사로 늘 우울하던 우리 집엔 가족사진도 없다. 물론 처음부터 없었던 건 아니다. 보통의 다른 집들과 마찬가지로 이런저런 모습을 담은 사진들이 있었다. 그러나 이혼 단행 후 엄마가 사진이란 사진은 죄다 불살라버렸다. 죽어버린 자식들하고도 헤어진 남편하고도 완전히 결별하고 싶다는 것이 당시 엄마의 심정이었다. 태워버리려는 사진 속에 살아있는 딸의 것도 함께 있다는 사실을 엄마는 염두에 두지 않았다. 내 존재는 이렇듯 언제 어디에서나 희미했다. 활활 타오르던 불꽃이 드디어 사그라졌을 때 엄마는 그 자리에서 실신했다. 나는 엄마 옆에서 집게로 인화지를 뒤적이고 있었는데, 기회를 봐서 몇 장 빼내고 싶었지만 훌쩍이는 엄마의 눈치를 살피느라 실행에 옮기지 못했다. 엄마가 좀 더 일찍 정신을 놓았더라면 몇 장 쯤 건져낼 수 있었을까.

중학생이 되어서도 내 삶은 그다지 나아지지 않았다. 집은 여전히 무겁게 가라앉아 있었고 학교는 지루했다. 그늘진 얼굴에다 웃음기 없는 내게 학우들은 쉽게 다가오지 않았다. 나 역시 누군가를 특별히 곁에 두고 싶은 마음이 없었다. 어쩐 일인지 두 동생이 꿈속에 자주 나타나는 바람에 밤에도 가능하면 깨어 있고자 노력했고 그 탓에 수업시간엔 졸기 일쑤였다. 친구도, 아름다운 추억도 만들지 못한 채 중학교를 마치고 고등학교에 진학하게 되는데, 이때쯤엔 다행히 부모의 이혼으로 인한 상처도 아물고 두 동생도 더 이상 나타나지 않아 편안한 나날을 보낼 수 있었으며 몇몇 친구들도 사귀게 되었다. 그러나 후일 친구라는 존재 때문에 오히려 불편한 일들을 겪게 되자 나는 도리어 외톨이었던 때를 그리워하게 된다. 그런데 모든 갈등의 중심에 있던 인물이 바로 묘화였다. 묘화는 학창시절 내 일상을 뒤흔들고 시시때때로 곤경에 빠뜨린 장본인이었다. 그럼에도 불구하고 묘화가 다른 어느 누구보다 가장 내게 친절한 인물이었다는 사실 또한 부정할 수 없기에, 아무리 생각해도 이상한 일이 아닐 수 없다.

쇼핑

세월이 많이 흘러 내가 직장인 이년차였을 때로 기억한다. 연말이라는 들뜬 분위기 때문인지 일이 손에 잡히지 않던 어느 토요일 오후였다. 특별히 바쁜 일도 없고 해서 직원들 모두 대충 시간을 때우면서 퇴근시간을 기다리고 있었다. 나는 지인들의 연락처가 적힌 수첩을 정리하고 있었다. 한 해 동안 안부조차 주고받지 않은 사람들의 것을 붉은 사인펜으로 죽죽 긋던 참이었다. 수첩이 이내 붉게 물들었다. 새삼스러운 일은 아니었다. 매해 그래왔으니까. 그러나 그로부터 이십년이나 흐른 지금까지도 생생하게 기억하는 것은 내 수첩에 그때까지도 묘화의 번호가 살아 남아있었다는 점이다. 이 번호를 어째서 여태 가지고 있는 거지? 고개를 갸웃대며 수첩을 내려다보고 있을 때, 바로 그 시점에 전화벨이 울렸다. 어쩐지 기분이 싸했다. 수상한 느낌은 적중했다. 적중했기에 더더욱 기이했던 그날의 기억이 지금도 어제 일인 듯 훤히 생각난다. 묘화의 목소리를 듣는 순간 나도 모르게 바짝 긴장했다. 실은 끝까지 팽팽하게 마음의 끈을 당기고 있어야 했다. 그러나 어리석게도 더없이 친근한 묘화의 말투에 점차 이끌려 늘어가는 우를 범하고 말았고 마침내 감정이 이완되어 내 마음은 흐물흐물해졌다. 우리는, 아니 나는 어느새 학창시절로 되돌아간 듯해서 감격스럽기까지 했다.

그때의 일을 돌이키자니 내 자신이 새삼 원망스럽다. 이 얘기 저 얘기 하던 중에 그래야 할 것 같아서 묘화에게 축하의 인사를 건넸다.

"결혼했단 소식은 들었어. 늦었지만 축하해."

"고마워."

"남편이 유능하다며? 행복하니?"

"응. 행복해."

"그런데 갑자기 웬일?"

"야, 놀러 와라."

"……"

"우리 신랑 오늘 늦거든. 나, 심심해. 심심해 죽겠어."

마치 어제도 만났던 사이처럼 능청스럽고 스스럼없는 언사였다. 녹어졌던 경계심이 다시금 일었다. 동시에 과거를 향해 시간이 급속히 되감기를 시작했다. 두려움이 엄습했다. 얘가 또 왜 이러지?, 하는.

피차 교류하지 않은 지 수년이나 지난 처지에, 갑자기 전화를 해서는 남편이 늦게 오니 놀러오라고 한다! 누가 들어도 의심스러운 초대가 아닐 수 없었다. 망설였다. 하지만 정신을 차리고 보니 어느 틈엔가 수락하고만 나 자신을 발견했다. 예나 지금이나 묘화의 언변은 조금치도 변하지 않았다. 묘화의 덫에 걸려든 것 같은 불안이 없지 않았으나 그럼에도 약속을 번복하지는 않았다. 새삼스레 불이익을 당할 일이 뭐가 있으랴 싶은 느긋해진 마음에다 또 하나는 그놈의 호기심 때문이었다. 정말 행복하게 사는 것인지, 유복한 생활을 누리고 있다는 게 사실인지 따위를 확인해보고 싶었다. 요컨대 나는, 묘화가 행복하게 사는 걸 바라지 않았던 모양이다.

그날 묘화는 자신이 남편을 만나게 된 동기며, 결혼에 이르기까지의 얘기를 무슨 로맨스영화나 되는 듯 흥미진진하게 들려줬다. 물론 훗날 즉 이십년 뒤의 동창모임에서 듣게 되는 얘기와는 상이한 부분이 많았지만.

늦는다던 묘화의 남편은 저녁식사 시간 무렵 귀가했다. 나는 당황했으나 묘화는 그런 눈치를 보이지 않았다. 나는 그 상황이 다소 미심쩍게 여겨졌다. 가령 늦는다던 사람이 별다른 언질 없이 일찍 오게 되면 마땅히 보이기 마련인 일반적인 반응 같은 것이 없었기 때문이다. 그날 묘화의 남편은 커다란 샤넬쇼핑백을 들고 들어왔다. 새까만 종이가방 한가운데에 흰색 샤넬장미 코사지가 붙어있는, 누가 봐도 그것이 샤넬임을 알 수 있게 만늘어놓은 종이쇼핑백이었다. 묘화가 꺅 소리치더니 까치발을 만들어 남편의 뺨에 입술을 살짝 갖다 댔다. 그러고 다소 과장된 손길로 쇼핑백을 개봉했다. 더스트 백에 감싸인 핸드백과 개런티카드, 그리고 각종 내용이 빼곡히 적힌 설명서 같은 것들이 그 안에서 나왔다. 묘화는 샤넬 로고가 선명한 검정 핸드백의 금장 체인을 어깨에 메고는 거울 앞에 서서 이리저리 제 모습을 살폈다. 특별한 날 같아 보이지 않음에도 명품을 사온 걸로 봐서는 묘화의 남편이 부자란 사실이 틀린 얘긴 아닌 모양이라고 나는 미루어 짐작했다.

식탁에는 세 사람의 식사가 차려졌다. 묘화의 남편은 다정다감한 남자였다. 인상도 나쁘지 않았다. 그러나 나는 듣지 않았더라면 좋았을 얘기들을 그 자리에서 듣게 된다. 아내의 여고동창을 만나게 되어 기분이 좋았는지 묘화의 남편은 식사 내내 거의 혼자 대화를 이끌어갔다. 그런데 놀랍게도 그의 입을 통해 나온 묘화와 관련한 이야기들은 대부분 조작 혹은 미화된 것 일색이었다. 분명 당사자에게서 들었을 묘화의 과거사는 대부분 왜곡되거나 부풀려져 있었다. 다른 동창생의 이야기가 묘화의 것으로 포장되어 있기도 했다. 가장 놀라 자빠질 일은 묘화가 대학을 우수한 성적으로 졸업했으며 내내 과대표를 하면서 모범적인 대학생활을 했던 것으로 그녀의 남편이 알고 있다는 사실이었다. 나는 소스라쳤다.

묘화는 능청스러웠다. 의혹 가득한 눈길로 묘화의 얼굴을 조심스레 살폈을 때도, 그녀는 앙큼하게 외눈하나 깜짝하지 않았다. 제발 한 번만 봐달라는 애원의 기색이라도 내비쳤다면 보다 인간다워 보였을 것이며 행복을 쟁취하기 위해 거짓말도 불사해야 했던 묘화를 안쓰럽게 여겼을 수 있다. 밥알이 곤두서서 입 밖으로 튀어나오려고 했지만 진실을 밝힐 수 없었다. 누군들 그 자리에서 그것들이 모두 거짓이라고 말할 수 있었겠는가. 스스로 조작한 인생을 살고 있다면 켕겨서라도 남편이 귀가하기 전 일찌감치 친구를 돌려보내는 게 상식일 것이나 묘화는 그러지 않았을 뿐 아니라 어이없게도 당당했다. 묘화는 시종일관 흔연한 자세로 일관했다. 그날 밤, 나를 버스정류장까지 배웅하던 길에서조차 묘화는 제 입장을 변명하지 않았으니 가증스럽지 않을 수 없었다. 다만 헤어지기 직전 독백처럼 내뱉은 묘화의 말이 잊히지 않는다.

"결혼은 쇼핑과 다르지 않아. 불량품을 사게 되면 반품처리를 하거나 교환해야 하잖아. 그러니 애초에 쇼핑을 잘 해야 하는 거야. 모든 것이 다 마음에 드는데, 단지 단추모양에만 하자가 있다면 눈 딱 감고 소유하는 지혜도 필요하지. 세상에 완벽한 게 어디 있니. 그런 거 찾아 헤매다가는 단추 정도가 아니라 사이즈까지 맞지 않는 제품을 갖게 되기 십상이야. 어리석은 일이지."

구찌 로고가 선명한 열쇠고리를 검지에 걸고 빙글빙글 돌려대며 의미심장하게 뱉어놓은 말의 진의도 모른 채, 나와 묘화와의 관계는 더 이상 이어지지 않았다. 그날 이후 묘화가 단 한 차례도 연락을 취해오지 않았기에 단절될 수밖에 없었다는 게 보다 더 정확한 표현일 것이다.

집에 돌아오는 길이 말할 수 없이 불쾌했다. 성년이 되어서까지 기짓된 삶을 살고 있는 묘화가 이해되지 않았다. 용납할 수 없었다. 굳이 속이지 않아도 묘화는 얼마든지 행복해질 수 있었다. 예쁜 용모에 영리한 두뇌, 타고난 사교술만으로도 자신이 원하는 삶을 영위할 수 있었을 것이다. 그런데 왜 비상식적인 방법으로 살아가는 것일까. 그날 묘화가 내게 선물한 네덜란드산 도자기인형은 귀가하자마자 휴지통에 던져버렸다. 예민한 도자기는 쓰레기통에 부딪히면서 머리 부분이 댕강 떨어져 나갔다. 그리고 바로 어제 동창회 자리에서 실로 오랜만에 묘화에 관한 얘기를 다시 듣게 된 것이다.

묘화는 이십년 전 쯤 동창들 모두에게서 완벽히 자취를 감췄다고 했다. 나하고만 관계를 단절한 게 아니었던 모양이다. 우리 모두에게서 사라졌던 묘화가 지금, 수영장이 달린 저택에서 살면서 전처아들까지 훌륭히 키워냈다고 한다. 신혼 때는 물론이려니와 현재에 이르기까지 한 차례의 굴곡도 없이 아주 잘 살고 있다고 한다. 그것이 과연 사실일까. 위조된 과거 위에도 행복의 탑을 쌓을 수 있다면, 그 거짓의 탑이 허물어지지 않고 영원하다면, 구태여 정직하게 살아갈 사람이 몇이나 될까.

멘톨의 향

여고시절의 묘화는 당시로선 부잣집 아이들의 전유물처럼 되어 있던 미제 물건들을 많이 가지고 다녔다. 제법 예쁜 용모였던 묘화는 유복한 집안의 딸 같은 풍모였고 실제로도 그런 척하고 다녔다. 그러나 실은 미군 피엑스에서 미제물건을 불법으로 빼돌려 판매하는 일을 하는 엄마와 특별한 직업 없이 빈둥대는 아버지를 둔 가난한 소녀였다.

미술시간이었다. 야외에서 풍경화를 그릴 계획이었으나 갑자기 비가 쏟아지는 바람에 실내수업을 하게 되었다. 미술교사는 무엇이 됐건 자유롭게 그려서 반장에게 제출하라고 말한 후 교실을 나갔다. 묘화와 나는 꽃이 탐스럽게 꽂힌 교탁 위의 화병을 그리기로 했다. 시간 안에 완성해서 제출해야 했기 때문에 우리는 각자의 그림에 몰두했다. 그러다 문득 묘화의 그림을 보게 되었을 때 나는 내 눈을 의심했다. 묘화의 도화지 속 그림은 붉은 튤립도 녹색 잎사귀도 없었다. 그것들은 모두 누렇게 칠해져 있을 뿐이었다. 어이없어 하는 내 표정을 보고서야 사태를 깨달은 묘화가 작게 속삭였다.

"나, 사실은 적록색맹이야."

색맹은 유전이야, 묘화가 덧붙였다. 이어 여성의 경우, 유전자는 유전되어 내려오긴 하지만 실제적으로 표출되지는 않는다고도 설명했다. 또한 색맹인 남성과 색맹 유전자를 가진 여성이 만나게 되면 색맹인 딸을 낳을 수가 있다고 했다. 하지만 이것은 극히 드문 예인데 묘화 자신이 바로 이 운 없는 케이스에 해당된다며 한탄했다. 자신의 외삼촌도 똑같은 질

병이 있다고 했다. 삼촌으로 화제가 바뀌자 묘화가 신나서 떠들었다. 명문대에 다니는 수재인 데다 얼굴도 잘생겼다며 자랑했다.

"언제 불러내서 밥 사달라고 하자."

마다할 이유가 없었다. 대학생이라는 신분만으로도 선망의 대상인데 외모까지 특출하다는 데야. 그러나 묘화의 외삼촌과 밥을 함께 먹는 일이란 일어나지 않았다. 하긴 외삼촌에 대한 정보도 거짓이었을 수 있다. 심지어 애당초 외삼촌이라는 존재 자체가 없었는지도 모른다. 묘화라면 충분히 가능한 일이다.

묘화는 여고시절 내내 나와 같은 반에 배정되었으며, 우연찮게 대학까지 동일한 곳에 들어갔다. 수상쩍은 것은, 묘화는 학년이 올라가면 으레 처음엔 둘도 없는 사이처럼 다정하게 굴다가 어느 순간 돌연 나를 따돌렸다는 사실이다. 내가 매번 당할 수밖에 없었던 이유는 대개의 경우 내게 극진했기 때문이다. 나는 묘화가 보여주는 우정의 진위에 헷갈려하면서 학창시절 내내 끌려 다녔다. '끌려 다녔다'는 표현을 쓰자니 켕기는 부분이 없잖아 있긴 하다. 혹시 어쩌면 나 자신이 그 언저리에서 자발적으로 머물렀던 건 아닐까 하는 생각 때문이다. 묘화가 여러 면에서 우수하고 뛰어난 자질을 가진 아이였기 때문에 그녀와 친밀한 관계라는 사실에 나 스스로가 매료되어 있었을지도.

고등학교 이학년 시절로 기억되는 어느 일요일 오후였다. 묘화가 예고도 없이 불쑥 우리 집에 찾아왔다. 얼핏 보기에도 왼쪽 뺨이 상당히 부어올라 있었다. 지난밤 골목 어귀에서 술 취한 남자에게 봉변을 당했다고 했다. 여간해서는 발생하기 힘든 사건이긴 해도 재수 없으면 그럴 수도 있을 거라고 생각되었다. 그러나 오래지않아 그 말이 거짓말이었음을 나는 알게 된다.

날이 저물어가는 데도 귀가할 생각을 하지 않던 묘화는 그날 우리 집에서 식사를 했다. 이 무렵은 엄마가 부동산 투기에서 크게 성공을 거둔 덕에 경제적인 안정을 누리던 때였다. 엄마는 뒤늦게야 딸에게 소홀했던 지난날을 자책하면서, 하나 남은 자식을 위해서라면 뭐든지 다 할 각오로 희생정신에 충만해 있었다. 그러한 일념의 일환으로 꼽을 수 있는 것이 내게 방 두 개를 사용하게 한다거나 유능한 가정 교사를 붙여준 것 등이었다.

묘화는 내 엄마의 가정적인 태도에 감격한 듯했다. 특히나 저녁식단에 무한 감동하는 눈치였다. 결코 특별한 음식들이 아니었음에도 스스로 차려 먹는 밥 혹은 성의 없는 밥상에 익숙한 묘화이다 보니 그런 생각이 들었던 모양이다. 묘화의 엄마는 게으르고 무능한 남편 대신 가족의 생계를 책임지느라 자식을 따로 챙기고 말고 할 여유가 없었다. 그날 나는 이례적으로 유순한 묘화의 얼굴을 마주할 수 있었다. 당돌한 모습보다는 그 편이 훨씬 나아 보였다. 어찌나 예의바르게 굴던지 그 아이는 왜 다신 안 오느냐며 엄마가 종종 궁금해 할 정도였다. 우리는 늦은 밤까지 함께 있었다. 나와 묘화는 공부방과 침실을 왔다 갔다 하면서 패션잡지를 뒤적이거나 음악을 들었다. 소문으로 떠도는 연예뉴스를 아는 대로 주워섬기기도 했고 교사들 몇몇을 도마 위에 올려놓고 흉을 보기도 했다. 화제는 무궁무진해서 해도 해도 끝이 없었다. 먼 후일 돌이켜 추억할 만큼이나 드물게 좋은 기억으로 남아있던 하루였다.

"가족이 뭐라고 생각하니?"

문득 묘화가 물었다. 대답을 들을 요량으로 질문한 게 아니었던지 묘화는 자문자답했다.

"세상이 버린다 해도 끝까지 나를 지켜줄 보루와도 같은 것이 아닐까."

이어 말했다.

"너는 참 좋겠다."

"내가 왜?"

"네 집은 뭐랄까 안정돼 보여. 엄마도 좋은 분이고."

두 동생의 죽음으로부터 시간이 많이 지났다는 이유도 있고 또한 엄마의 노력에 의해 어느 정도 좋아지긴 했지만 실은 나 또한 바람직한 부모 밑에서 성장한 편이 아니라서 묘화의 말에 전적으로 수긍할 수는 없었다. 그러나 경찰의 눈을 피해 불법으로 장사하는 엄마와 책임감이라곤 없는 아버지를 둔 묘화의 입장에서는 부러울 수도 있으리라 짐작되었다.

묘화는 이후로도 종종 가느다란 팔뚝에 피멍이 든다든가 입술이 터진 채로 등교했다. 그녀의 몸 어딘가에서 풍겨 나오던 멘톨의 냄새는 묘화를 기억할 때 항상 함께 떠오르는 것 중의 하나였다. 그 강한 향의 임자가 타박상에 관한한 최고의 위치에서 군림하던 진통소염제 '안티푸라민'이라는 것은 누구라도 알 수 있는 사실이었다. 묘화의 아버지는 놀고먹는 것도 모자라 술만 마시면 가족에게 흉포하게 군다고 했다.

이간질

묘화와 가까워진 계기는 한 장의 사진 때문이었다. 묘화 쪽에서 먼저 다가왔다.

"혹시 우리, 만난 적 있지 않니?"

나는 단호하게 고개를 내저었다. 그처럼 세련되고 예쁜 아이와는 교류를 해본 기억이 없으니까 나로선 당연한 반응이었다. 그런데 이튿날 묘화가 사진 한 장을 들고 오더니 사진 속 인물 하나를 손가락으로 가리켰다.

"이거 너잖아? 맞지?"

분명 나였다. 내가 묘화와 같은 사진 안에 존재하고 있었다. 사진 밑에는 궁서체로 교회 이름과 날짜가 새겨져 있었는데 손가락으로 셈을 해보니 초등학교 사학년 때였다.

초등학생 시절은 다시 돌이켜봐도 괴로운 시기였다. 한 동생이 물에 빠져 죽었고 그로부터 이년 후 다른 동생 역시 똑같이 물에 빠져 사망하자 우리집은 가정으로서의 기능을 상실했다. 살아있는 나는 부모의 안중에도 없었다. 두 동생이 죽은 건 물론 안타깝고 슬픈 일이지만 나도 자식 가운데 하나임을 그들은 별로 염두에 두지 않았던 것 같았다. 내가 딸이라서 그럴지도 모른다는 생각이 언뜻 들기도 했는데 자식의 무게가 딸과 아들이 각각 다르다는 사실이 이해되지 않아 더더욱 힘들고 암담한 시절이었다.

사고 이후 아버지는 엄마를 극도로 혐오했다. 그는 엄마와 눈이 마주치는 일조차 끔찍이 여겼다. 물론 나도 두 동생

사망 이후로 아버지로부터 다정한 눈길을 받아본 기억이 없다. 엄마는 또 어땠던가. 그녀는 제 서러움에 겨워서 툭하면 눈물바람이었다. 평일이야 아버지가 밤 늦게 들어오는 때가 많아 그래도 어느 정도 견딜 수 있었지만 가장 힘든 날이 일요일이었다. 그래서 선택한 것이 교회에 다니는 일이었다. 합법적으로 집을 떠나 하루 종일 있다가 올 수 있는 곳으로 교회만큼 좋은 장소는 없었다. 끝내 신앙심은 생기지 않았지만 적당한 도피처였다. 예배가 끝나면 종종 청년부 언니 오빠들과 함께 가까운 유원지로 놀러 가기도 했는데 그것도 은근히 재미났다. 묘화가 가지고 온 사진은 바로 그 당시 사진이었다. 나도 물론 한때는 지녔을 테지만 엄마가 불사른 다른 사진들과 함께 불구덩이 속에서 흔적도 없이 사라졌을 것이다.

열 명 남짓이 들어차있는 인화지 속에서 나는 뒷줄에, 묘화는 앞줄에 있었다. 초등학생이었음에도 사진 속에 드러나 있는 묘화의 자태는 다른 아이들과 달랐다. 모두의 시선이 정면을 향하고 있는데 반해 묘화만 삐딱이 옆모습을 보이고 서 있었으며 그 모양이 또한 여간 멋있는 게 아니어서 눈에 띄었다. 야무지게 다문 입매하며 도도한 표정도 다른 아이들과 차별되었다. 그에 비하면 나는 얼뜨기 같아 보였다. 하기야 나는 어려서나 나이 들어서나 언제나 어리숙한 편에 속했다. 굼

뜨고 남보다 한 박자 뒤쳐져 갔고 어떤 상황에 임했을 때에도 돌아서고 나서야 겨우 속았다는 걸 인지할 정도로 똘똘하지 못한 구석이 있었다. 초등학교에 입학하던 날을 기억한다. 우리 어린이들은 이제부터 육년간 다니게 될 학교 운동장에 집합했고 배정받은 학급에 두 줄로 도열해 있었다. 학부모들은 자기 아이들이 줄지어 있는 학급 뒤쪽에 서있었다. 교장의 훈화를 비롯하여 이런저런 얘기를 들은 후에는 각자의 교실을 향해 행진하는 순서가 이어졌다. 하나 둘 구령이 우렁차게 울려퍼졌고 아이들은 그 소리에 맞춰 부지런히 움직였다. 나도 물론 다른 아이들과 똑같이 행동했다. 그런데 조금 있자니 엄마가 신경질을 내면서 내가 서있는 줄로 끼어들어왔다. 나는 처음에 너무도 의아했다. 엄마가 왜 저러나 싶었다. 엄마는 나와 함께 걸어가면서 내 손과 발을 이렇게 저렇게 교정해주기 위해 애썼다. 나는 그러니까 다른 아이들과 달리 왼발과 왼손이, 오른손과 오른발이 함께 나가고 있었던 것이다.

한때 같은 교회에 다녔다는 사실이 우리 사이에 친밀감으로 작용했다. 어린 시절의 사진이라곤 단 한 장도 갖고 있지 않는 나와, 나로선 소중하게 여길 수밖에 없는 그 시절의 사진을 갖고 나타난 묘화. 게다가 묘화가 기꺼이 그것을 내게 주었으니, 교회 사진은 나로선 어린 시절의 얼굴이 들어있는 유일한 것이 되었다.

　우리는 더없이 절친했다. 적어도 그렇게 생각했던 날이 많았다. 그러나 묘화와 관련된 추억 중 상당부분이 나를 불쾌하게 만드는 걸 보면 또 딱히 그렇지만도 않았던 모양이다.

　묘화는 어느 땐 자신의 엄마 대신 부잣집에 미제물건을 배달하기도 했다. 그녀는 이때 부자와 가난한 자의 극명한 차이를 간파하게 되었고 그에 대응하는 처세까지 익히게 되었다. 물질적으로 풍요로운 자에 비해 결핍된 자는 세상살이에 불이익이 많다는 것, 가난은 단지 불편할 뿐이라는 말도 안 되는 말에 결코 동조할 수 없다는 것 그리고 부자의 비위를 잘 맞추면 덤으로 좀 더 챙길 수 있다는 사실 등이 당시 묘화가 배운 세상의 이치였다. 묘화는 세상사에 일찍 눈뜨게 된 것이고 분명 옳은 방식은 아니었지만 제 나름대로의 처세술을 익힌 것이다. 가지지 못했다면 빼앗아서라도 내 것으로 만들어야 한다는 비상식적인 논리를 이 무렵 터득하지 않았을까 짐작된다. 그리고 그 그릇된 사상을 묘화는 일생 버리지 못했던 거다.

　중학교 때와는 달리 집안이 안정되어가면서, 액면 그대로 기술하자면 엄마의 상태가 안정되어가면서 내 성격도 많이 수긋해져 A와 B, C 등 절친한 친구들도 생겨났다. 개중엔 반이 다른 친구도 있었지만 우리는 함께 모여 점심도시락을 먹거나 방과 후 나란히 교문을 나섰으며 분식센터 같은 데에서 떡볶이나 어묵 같은 것들도 자주 사먹었다. 나중에는 나와의 친분으로 인해 묘화도 이 그룹에 끼게 되어 우리 다섯은 거의 붙어 다녔다. 그런데 언제부터인가 문득 A, B, C 들이 나를 따돌리고 있다는 사실을 인지하게 되었다. 그들로부터 내가 그런 대접을 받게 된 것이 내가 눈치 챈 시점보다 훨씬 오래 전부터였을 수도 있다고 여겨졌던 건 내가 또래에 비해 뭐든 느린 편이라 나 스스로 하게 된 추측이다. 어쨌든 내가 누군가와 나눴던 대화들이 왜곡되어서 A, B, C 들에게 옮겨지고 있다는 걸 나는 알게 되었다. 대화를 하다 보면 누구는 성격이 어떻고 또 누구는 이런 점이 좋지 않다거나 하는 얘기를 흔히 하게 되는데, 그것이 매우 악의적으로 각색되어 내 친구들에게 전달되고 있던 거였다. 친구들은 내가 뒤에서 자신들을 음해한다고 오해하게 되었고 정신을 차려 보니 나는 어느새 몹쓸 인간이 되어 있었다. 이 느닷없는 사태에 어리둥절했지만 나는 어리석은 데다 용기마저 없어서, 똑 부러지게 내 입장을 밝히지 못했다. 머뭇대는 사이 결국 A, B, C 들과 나는 완전하게 어색한 사이가 되어버렸다. 이 일이 묘화가 의도한 상황임을 어렴풋이 알게 된 것은 그녀가 나의 친구들과 나란히 하교

하는 모습을 목격하고부터였다. 나만 빠져있는 그 그림에서 나는 슬픔과 두려움을 함께 느껴야 했다.

동성애사건

내가 다니던 여고 운동장 한쪽에는 오월이면 보라색 꽃송이가 흐드러지게 피고 여름철에는 서늘한 그늘을 만들어주는 아주 오래된 등나무가 있었다. 아마도 자습시간이 아니었을까 짐작되는 어느 한낮, 등나무 아래 벤치에 나와 묘화가 함께 있었다. 나는 길게 누워있었고 묘화는 앉아있었던 것 같다. 통통하게 살찐 송충이가 기어 다니는 것만 빼놓으면 그곳은 쉬기에 더할 수 없이 좋은 장소였다. 불어오는 훈풍이 졸음까지 함께 몰고 왔는지 나는 깜빡 잠이 들었다. 얼마나 잤는지는 알 수 없지만 기껏해야 이삼 분 아니었을까 싶은데, 문득 눈을 떴을 때 눈에 띄던 묘화의 행동에 나는 상을 찌푸리고 말았다. 몇 마리인지 모를 송충이를 나란히 모아놓고 나무 막대기로 찔러대고 있었다. 송충이는 막대가 닿을 때마다 움찔대며 몸뚱이를 잔뜩 오그렸다. 징그럽기도 했지만 송충이가 딱해보여 묘화를 만류했다. 그럼에도 그녀의 가혹행위는 멈춰지지 않았다. 나는 언짢아서 그만 교실에 들어갈 생각으로 일어섰다. 그러자 묘화도 따라 일어서더니 나를 향해 심술궂은 표정을 지어보였다. 뒤이어 도저히 납득할 수 없는 일이 벌어졌다. 묘화가 신발 밑창으로 송충이들을 짓밟았던 것이다. 송충이는 푸른색으로 으깨졌다. 차마 눈 뜨고 볼 수 없을 지경이라 내가 토하는 시늉을 하니 묘화가 하늘을 향해 까르르 웃음을 날렸다. 나는 불현듯 묘화가 무서웠다.

우리는 잠시 후 다시 벤치에 앉았다. 교실에는 아직 들어가고 싶지 않았던 모양이다. 잠시의 침묵이 있은 후 묘화가 엉뚱한 질문을 던졌다.

"동성연애에 대해 어떻게 생각하니?"

"깊이 생각해 본 적 없어."

"내가 책에서 읽었는데, 동성을 좋아하는 감정은 우리 또래들에게 흔히 있다더라. 누구나 한번쯤은 그런 경험이 있대. 자연스러운 감정이란 거지."

그럴 수도 있겠구나 싶었다. 바로 그때였다. 묘화가 얼굴을 바싹 들이대며 은근한 투로 물어왔던 것은.

"그런 감정 느낀 적 있니?"

"넌?"

"있는 것도 같고. 너는? 있지? 털어놔 봐."

나는 생각에 잠겼다. 눈앞에 어떤 인물이 아른거렸다. 용모가 예쁘거니와 기타도 잘 치고 노래 또한 곧잘 하던 교복을 맵시 있게 입고 다니던 아이였다. 돌돌 말아 복숭아뼈까지 내린 불량스런 면양말의 패션을 제일 먼저 학교에 선보인 동급생이기도 했다. 하얀 면양말을 그렇게 착용하면 다리가 보다 길어 보인다는 이유로 전교생이 그 패션을 모방했고 머잖아 대유행이 될 정도로 영향력 있는 아이였다. 복도에서 그녀를 보게 되면 어쩐지 부끄러웠고, 잘 보이고 싶던 대상이기도 했다. 이런 게 혹시 동성애 비슷한 감정일까.

내가 생각에 잠기자 묘화의 촉이 발동했다. 묘화가 바싹 채근했다.

"말해봐. 네가 먼저 고백하면 나도 솔직히 말해줄게."

어리석은 내가 그녀의 꾐에 넘어가던 찰나였다. 묘화라면 충분히 그런 유의 경험을 해봤을 것 같았다. 유난히 성숙한 아이니까. 만약 그렇다면 묘화의 상대를 알고 싶었다. 묘화가 누구를 좋아했는지 알고 싶다는 희망으로 인해 나는 묘화의 올가미에 걸려들고 말았다.

"네 말이 틀리지 않은 것 같다. 그 비슷한 감정을 느낀 적이 있는 것 같아."

묘화가 눈을 빛냈다.

"지금 우리 반 아니지?"

"뭐가?"

"네가 좋아한다는 애 말이야."

"내가 언제 좋아한다고 말했니."

"아무튼. 누군데?"

"이름을 밝히기는 싫은데?"

묘화의 두뇌가 빠르게 회전했다. 그리고 급기야 확신하듯 말했다.

"지금은 팔반이지?"

귀신이었다. 내가 머릿속에 그리던 아이가 바로 8반이었으니! 당황한 나는 얼굴이 벌게졌다. 표정에 변화가 있다는 건 수긍의 의미 아니겠는가. 또다시 묘화가 두려운 존재로 다가왔고, 얼른 수습하지 않으면 일이 커질 거 같은 불길한 예감에 사로잡혔다. 방법은 하나였다. 묘화를 공범자로 만드는 것. 내가 다급하게 말했다.

"이젠 네가 밝힐 차례야."

묘화는 자신은 그런 감정을 한 번도 느껴본 적 없다고 가볍게 대꾸했다. 묘화의 단단한 귓불에 달라붙어 있는 금귀고리가 내 눈에 확대되어 오면서, 나는 몹시도 어지러웠다. 나의 불안은 한 치도 틀리지 않게 적중했다. 순식간에 동성애자가 되어 은밀히 교내에서 회자되었으니.

아이러니는, 묘화가 내게 항상 해만 끼친 것은 아니라는 사실이다. 어쩌다 반 아이들 사이에서 사소한 의견 차이로 궁지에 몰리게 되면 흑기사처럼 나타나 옹호해주곤 했는데, 묘화가 편들어주기 시작하면 사태가 곧바로 역전되었다. 그만큼 묘화는 대중을 승복시키는 자질이랄까, 특별한 능력이 있는 친구였다. 그녀가 유려한 화술로 주장하면 모두들 슬그머니 꼬리를 내리곤 했던 것이다.

작거나 크게 묘화에게 입은 피해가 수차례였음에도 나와 묘화의 관계는 신기할 정도로 지속되었다. 다신 상대하지 않으리라 결심하고 등교한 적이 적지 않았으나 그때마다 묘화는 엄마 몰래 슬쩍해온 미제물건을 손에 쥐어준다든가, 종일 곁에 붙어 앉아 살갑게 대한다든가 함으로써 내 마음을 흔들었다. 나는 묘화에 관한한 언제나 감정이 혼란스러웠다.

거짓의 이슬

A, B, C 등과의 관계단절 이후 새로운 교우관계를 형성하려고 애썼지만 뜻대로 되지 않았다. P가 새로운 짝이 된 건 이 무렵이었다. P는 화가인 아버지와 여성단체장이라는 멋진 직업을 가진 어머니를 부모로 둔 친구였다. 어머니의 직업란에

'주부'를 써넣곤 했던 당시의 아이들은 P를 부러워했다. 짝이 된 지 얼마 안 있어 P의 생일이 다가왔다. 특별한 사이는 아니었지만 짝이었던 관계로 나도 P의 초대를 받게 되었다. 사는 집도 근사했지만 특히나 P 부녀의 스스럼없는 돈독함이 우리를 놀라게 한 날이었다. 초대된 친구들은 저마다 각자의 구닥다리 아버지를 떠올리지 않을 수 없었으며 그와 함께 P는 하루아침에 일약 선망의 대상이 되었다. P의 아버지는 우리의 어른에 대한 선입견까지 바꿔놓았다. P는 신세대 아버지를 가진 행운아로 등극했다. 이후 어쩌다 보니 나와 P는 화장실도 함께 갈 정도로 친밀한 관계가 되었다. 그러던 어느 날 매우 놀라운 사실 하나를 알게 되었다. 목욕할 때 P의 등을 아버지가 씻어준다는 사실이었다. 나는 크나큰 충격에 휩싸였다.

"창피하지 않아?"

P에게 조심스럽게 물었다. P는 나를 오히려 이상하다는 표정으로 바라봤다. 대외적인 행사에 분주하던 어머니에 비해 아버지 쪽에 시간적 여유가 많았고, 아버지가 어릴 적부터 돌봐주던 것이 습관이 돼서 그렇다고 P는 대수롭지 않게 대답했다.

당시엔 냉온수를 자유자재로 사용할 수 있는 목욕시설이 완비된 가정집이 많지 않았다. 일주일에 한 번 정도 플라스틱 대야를 들고 공중목욕탕을 찾던 시절이었다. 그런데 P의 집은 크림색 세라믹 욕조를 갖추고 있는데다 언제든지 온수를 사용할 수 있는 시스템도 구비하고 있었다. 나는 P가 가지고 있는 많은 좋은 조건 가운데 그것이 제일 부러웠다. 더러 나는 그 매끄럽고 아름다운 욕조에서 아버지를 향해 등을 내밀고 있는 P의 모습을 상상해보기도 했는데, 아무래도 비정상적으로 생각되었고 그 일은 어느새 내 마음에 견고하게 자리잡았다. 하지만 어쩐지 발설해선 안 되는 은밀한 일인 것 같아 혼자만의 비밀로 간직하기로 했다.

점심시간이었는지 쉬는 시간이었는지는 명확치 않다. 묘화와 나는 운동장이 내려다보이는 창가 난간에 걸터앉아 양다리를 흔들어가며 만화책을 뒤적이고 있었다. 따사로운 볕이 몸을 알맞게 덥히고 있어 기분이 좋았다. 우리가 함께 보고 있던 만화는 교사에게 들킨다면 압수당할 것이 분명한 선정적인 내용의 것이었다. 만화 스토리 때문이었을까 내가 넌지시 묘화에게 물었다.

"너 같으면 목욕할 때 아빠한테 등 밀어달라고 할 수 있겠니?"

"등을? 발가벗고 말이야?"

"목욕하는데 그럼 옷을 입고 하니?"

"부끄럽고 망측하다, 얘."

"그렇지?"

나는 내 생각이 정상이란 걸 알게 되었고 그쯤에서 대화를 마칠 참이었다. 그런데 무슨 낌새를 챘는지 묘화가 만화책을 소리 없이 덮더니 내 눈을 응시했다. 묘화의 동물적인 감각이 냄새를 맡은 것에 틀림없었다. 갑자기 위기의식을 느낀 나는 자신도 모르게 움찔 몸을 뒤로 물렸다.

"뭔데? 솔직히 말해봐."

마치 다 알고 있다는 표정이었다. 돌연 매미소리 같은 이명이 들려왔다. 식은땀이 났다. 나는 묘화에게 걸려들지 않기 위해 안간힘을 썼다. 마음의 끈을 단단히 조여 맸다. 이명은 계속되고 있었고 골이 지끈댔다.

"아빠하고 목욕하는 애를 알고 있지?"

"아냐. 얘가 사람 잡겠네."

강하게 부인했지만 묘화는 이미 그물을 던진 상태였고, 내가 그녀의 어망에 포획되는 건 시간문제였다.

"요즘 P하고 친하더라. 어제도 P 집에 갔었다며? 가서 뭐 했어? 생일파티에 갔다 온 아이들이 P 아빠 멋쟁이라며 난리 났더라?"

나는 소스라쳤다. 어떻게 대뜸 P를 떠올린단 말인가. 혹시

이 아이는 독심술을 하고 있는 것일까. 손바닥이 진득하니 젖어왔다. 당장이라도 기절해버릴 것 같은 긴장감이 나를 조여왔다.

"왜 대답 안 해? P는 아빠하고 유난히 친하다면서?"

"아빠와 딸이 친한 거야 당연한 일 아니니. 넌 아빠랑 원수처럼 지내니?"

나는 자기방어에 골몰한 나머지 슬기롭지 못하게 버럭 화를 내고 말았고, 순간 아차 싶었다. 묘화는 자신의 아버지를 증오하고 있었던 것이다. 물건 팔러 다니느라 발에 물집 마를 날이 없는 아내를 가엾이 여기기는커녕 묘화 아버지는 가족에 대한 구타에 익숙해있는 질이 나쁜 사람이었다. 내뱉은 말을 주워 담을 수도 없는 노릇이라 나는 난처한 입장에 처하고 말았다. 아버지에 대한 얘기는 묘화에게 일종의 금기였다. 묘화는 상대에게 수습할 시간 따위를 줄 아이가 아니었다. 얼굴이 상기되면서 독사처럼 쏘아붙였다.

"그래. 우리 아빠는 내 원수야. 너 같으면 내 처지를 상상이나 할 수 있겠니."

소리는 작았지만 분노에 차있었다.

"나한테 그런 말을 하다니! 누구보다 내 사정 잘 알고 있는 네가!"

교복 상의 밖으로도 감지될 만큼 묘화의 호흡이 거칠어졌다. 가슴 밑의 근육이 빠르게 오르내리는 것이 고스란히 드러났다. 당황한 나는 얼른 사과했다.

"미안하다. 그런 뜻 아니야."

"사과할 거 없어. 사실이니까. 엄마와 나에게 폭력을 쓸 때마다 죽이고 싶도록 미우니까."

목소리는 날카로웠지만 상처 입은 듯 묘화의 두 눈에 눈물이 그렁그렁 맺혔다. 이때 수업시작을 알리는 차임벨이 울렸다. 난간에서 폴짝 뛰어내린 묘화가 낮은 음성으로 뇌까렸다. 마치 이 기회를 놓치면 영영 알아낼 길이 없다고 생각한 듯 재빠른 어투였다.

"P처럼 친밀한 부녀지간이라면 함께 목욕한들 어때. 난 그런 아빠 없는 것이 한탄스러운걸."

두 눈이 별을 머금은 듯 반짝이며 이렇게 지껄여대는 묘화는 그 순간만큼은 악마에 다름 아니었다. 등줄기를 타고 식은땀이 주르륵 흘러내렸다

"아냐. 아냐. 같이 목욕했다고 내가 언제 그랬어. 그냥……아빠가 등을 밀어준다는 거, 그 얘기지."

묘화의 눈 속에 가득하던 거짓의 이슬은 이미 감쪽같이 사라지고 없었다. 시야가 하얗게 변했다. 이대로 죽어버렸으면.

급속히 번진 소문의 근거지가 묘화라는 증거는 어디에서도 찾을 수 없었지만, 그녀가 아니라면 대체 누가 P 부녀에 관해 해괴한 얘기를 퍼뜨릴 수 있다는 말인가. 그리고 P 아버지가 P의 등을 씻어준다는 사실을 나 아니면 그 누가 알고 있었더란 말인가. 간신히 얻은 친구 P마저 결국 잃고 말았다. 사건이 날 때 마다 나는 매번 탄식했다. 아, 하늘도 무심하시지! P에게 그 소문이 얼마나 큰 상처가 되었을까를 생각하면 지금도 많이 부끄럽다.

묘화는 정말 행복할까

이후로 다신 묘화와 말을 섞지 않기로 작정했지만, 완전한 결별은 하지 못했으니 그나마 친구가 다 떨어진 내게 변함없이 친절했던 단 하나의 인물이었기 때문일까. 나의 나머지 학창시절은 참담할 정도로 쓸쓸했다. 마음을 털어놓을 친구라곤 하나도 남아있지 않았다.

묘화와 나는 대학도 같은 곳에 다니게 되었다. 동일한 대학교의 비교적 지원율이 낮았던 비인기학과인 사회복지학과와 생물학과에 묘화와 내가 각각 원서를 집어넣었으며 다행인지 불행인지 둘 다 합격했던 것이다. 물론 서로 의논해서

원서를 넣은 것이 아니다. 이는 순전히 우연의 소산이었다. 대학 교정에서 묘화를 발견하고 소스라쳤던 기억이 아직도 눈에 선하다. 사년 내내 또 묘화를 봐야하다니! 나는 내 불운에 대해 한탄했다.

우리는 예전에도 그랬듯이 대학의 첫 친구로 출발점에 섰다. 묘화의 제안에 따라 함께 교양과목 시간표를 짜긴 했지만 나는 내키지 않았으며 지레 불안에 떨었다. 그러나 다행스럽게도 묘화는 더 이상 내 인생에 끼어들지 않았다. 그녀가 거의 학교에 나오지 않았기 때문이다. 하기야 사회복지사처럼 묘화에게 어울리지 않는 신분이 또 있을까.

묘화는 흐지부지 학교를 그만두었다. 그러니 그녀가 과대표를 했다거나 우수한 성적으로 졸업했다는 것이 어찌 진실일 수 있을까. 지금에 와서야 나는 겨우 깨닫는다. 묘화가 신혼집에 나를 초대한 것은 자신의 알리바이를 증명하기 위함이었다고. 대학졸업장도 졸업앨범도, 무엇하나 증빙 자료가 없었던 묘화로선 아무래도 남편 보기에 켕겼을 테고, 그런 이유로 여고시절부터 대학에 이르기까지의 일종의 증인이 필요했던 거다. 증인으로 누군가를 고르자면 어수룩하기 그지없는 내가 제격이 아니었을까. 어떤 경로로 내 전화번호를 입수했는지는 알 길이 없으나 뜬금없이 연락을 해온 것이나 대뜸 놀러오라고 제의한 사실, 남편이 없다고 말해야 내가 부담 없이 방문할 거라는 것, 이 모두는 묘화의 치밀한 계산 하에 이뤄졌던 것이다.

어제 동창회의 주인공은 묘화였다. 묘화가 화제에 오르자 동창들은 저마다 자신들이 알고 있는 얘기들을 쏟아냈는데, 중구난방 제각각이었다. 사실여부야 확인할 수 없었지만 대체로 추려보면 이러했다.

대학에 합격하긴 했지만 어려운 가정형편 때문에 묘화는 학업을 지속할 수 없었다. 학교를 자퇴한 묘화는 일자리를 찾아야 했다. 처음엔 극장의 매표창구에서 일했다. 그러나 묘화는 얼굴조차 내보이지 못하는 조그만 창구 안에 갇혀있을 인물이 아니다. 한 달도 못 채우고 자리를 박차고 나온 그녀가 이제는 개인이 운영하는 작은 회사에 입사하게 된다. 거기서 묘화가 한 일이라곤 내사하는 바이어들에게 차를 내간다든가 간단한 서류 타이핑 작업 같은 것들이었다. 부친의 전폭적인 자금지원으로 수월하게 회사를 운영하던 젊은 사장이 묘화에게 접근했다. 그는 묘화와 장래를 함께 할 생각까진 없었다. 어린 데다 용모가 매력적이니 한번 놀아볼 심산으로 집적였던 거다. 하지만 젊은 사장은 사람을 잘못 골랐다. 묘화의 고감도 더듬이가 최고도의 성능을 발휘했다. 기어이 이 남자를 쟁취해야겠다는 결심을 하게 되었다. 여섯 살짜리 사내아이 하나쯤 있으면 어때. 대신 재물이 있지 않은가. 그 남자는 묘화가 쳐놓은 끈끈한 거미줄에 걸렸고 먹잇감이 되어버렸다. 옴짝달싹 못하고 묘화라는 거미에 사로잡혀버렸다. 그 남자는 묘화에게 우량상품이었다. 단지 흠이라면 그 먼 시절 묘화가 말한 바대로 단추모양 정도의 하자였다. 그 정도의 오점이라면 얼마든지 감수할 각오가 되어 있었다. 그녀는 기어이 남자를 이혼시키는데 성공했다. 위험하고 대담한 계산법으로 남편을 쇼핑한 것이다. 멋진 저택에서 행복하게 잘 살고 있다는 묘화. 묘화는 행복할까? 정말 행복할까?

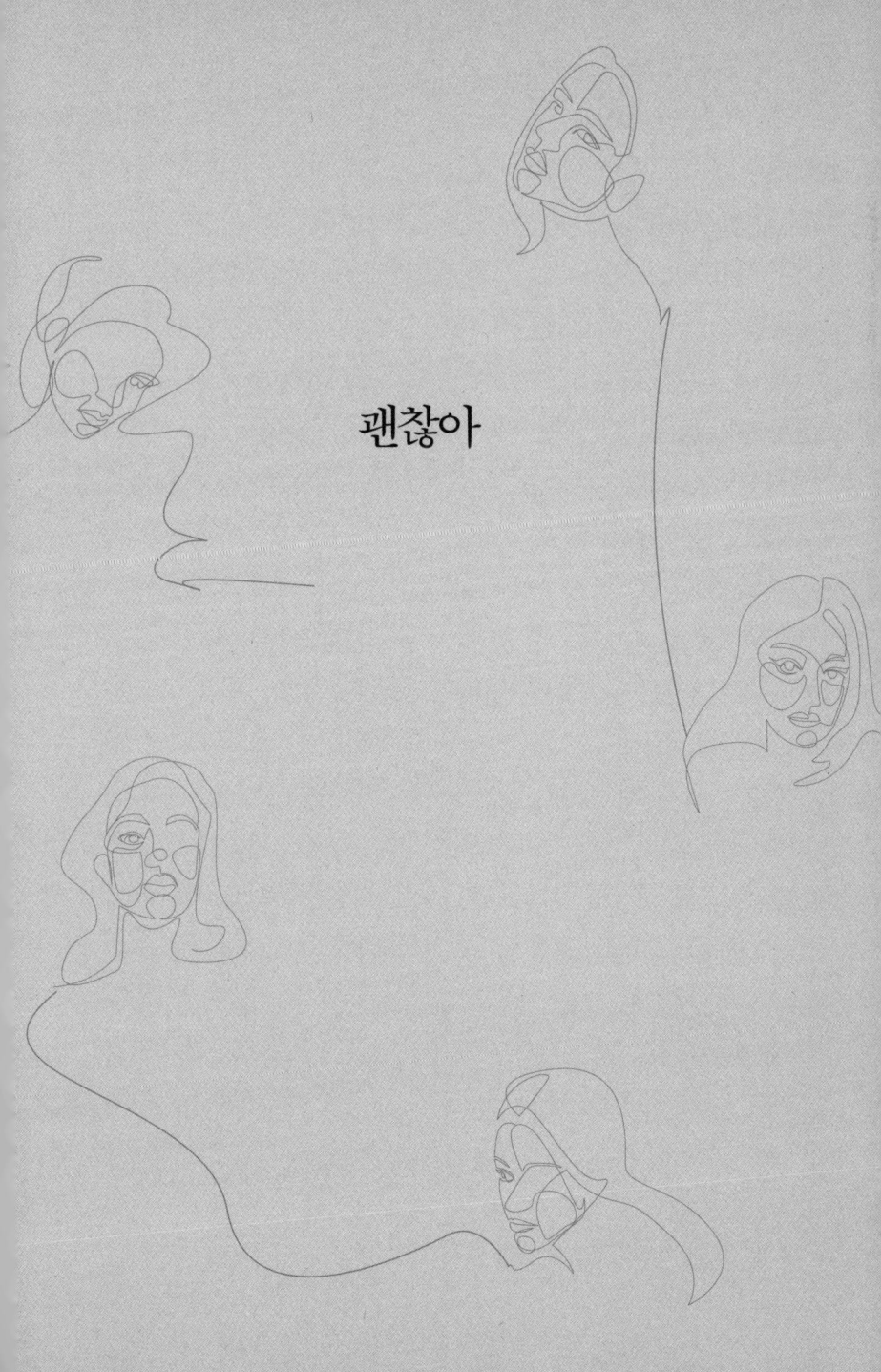

한치 앞도 보이지 않는다. 시커먼 먹물을 눈앞에 뿌려놓은 것 같다. 이게 대체 무슨 일인가 싶어 눈을 질끈 감았다가 떠보고 주먹으로 비벼 본다. 골이 지끈거려 검지로 관자놀이를 꾹 눌러보기도 한다.

소영은 외출복 차림으로 거실바닥에 누워있었다. 자신이 처해 있는 현재 상황이 도무지 요령부득이라 누운 상태로 안구만 움직여 주변을 탐색해 본다. 점차 시야가 트이면서 두 개의 푸른 막대가 눈에 들어온다. 푸른빛이 벽시계의 시침과 분침임을 인지하는 순간 소영은 현재 시각이 새벽 다섯 시에 육박하고 있으며 동시에 이곳이 자신의 오피스텔이란 걸 깨닫는다. 일어서려다 도로 주저앉아버린 소영에게 이전의 몇 시간은 공백상태로 남아 있다. 경이롭기까지 한 인간의 귀소

본능에 놀라움을 금치 못하면서 퍼뜩 현관문을 본다. 놀랍다. 문은 걸쇠까지 완벽히 잠겨있고 열쇠 꾸러미는 누구에게도 빼앗기지 않겠다는 듯 손아귀에 꽉 그러쥐고 있다.

겨우 추스르고 일어난 소영에게 시급한 건 욕실에 들어가는 것이었다. 밀려 올라오는 욕지기 때문이다. 벽에 의지하지 않고는 걸음을 옮길 수 없을 지경으로 휘청거렸다. 소영은 욕실에 발을 들이자마자 후다닥 변기 뚜껑을 열고 얼굴을 처박는다. 온갖 것들이 입을 통해 와르르 쏟아진다. 간밤의 기억이 뭉텅 잘려나가 사라졌으니 지금 게워내고 있는 것이 어떤 음식의 잔해인지도 가늠할 수 없다. 마크 렌턴*이라면 이럴 때 변기 안에서 신비로운 경험이라도 할 테지만 소영의 상태는 꼴사납기 이를 데 없다. 변기레버를 내리고, 간신히 옷을 벗은 다음 쭈그리고 앉아서 샤워기를 정수리에 들이댄다. 찬물을 뒤집어써도 끔찍한 두통은 호전될 기미가 없다.

수건으로 닦고 자시고 할 여력조차 없어 물을 뚝뚝 떨어뜨리며 기다시피 하여 침대 위로 기어오른다. 윗니와 아랫니가 태엽 감아놓은 인형처럼 딱딱 소리 내며 제멋대로 부딪친

---

* 데니 보일 감독의 〈트레인스포팅〉에 등장하는 인물로 이완 맥그리거가 마크 렌턴 역으로 등장한다. 영화에서 마크 렌턴은 마약에 취해 화장실에서 환각을 경험한다.

다. 난방이 나오고 있긴 해도 알몸에다 젖어있는 상태다. 그리고 한겨울이다. 무릎이 쓰라려 살펴보니 참혹하게 깨져있다. 이 또한 기억에 없다.

까르르 영롱한 웃음소리가 소영의 귀를 간질인다. 둘째 아이 현우가 작고 보드라운 손으로 뺨을 쓰다듬는다. 그만해. 엄마 잠 좀 자자 응? 소영은 현우의 손을 가볍게 내치며 스르르 잠에 빠져든다.

햇살이 깊숙이 들어와 있었다. 찬란한 빛이 눈동자로 몰려드는 순간 소영은 문득 전율한다. 얼굴에 와 닿았던 손길은 아이가 아니었던가? 나는 지금, 정말, 혼자인가?
소영은 불현듯 상체를 일으킨다. 젖가슴이 잠깐 흔들리다 멈춘다. 쇄골과 쇄골 사이의 움푹 파인 부분에 드리워있는 목걸이도 함께 덜렁이다 정지한다. 언제던가 어버이날에 첫째 아이 승우가 선물해준 별모양 목걸이다. 베개가 축축하다. 시트도 이불도 전부 젖어있다. 베개 솜과 매트리스는 볕에 오래오래 말려야 사용할 수 있을 것이다. 누구라도 좋으니 따끈한 에스프레소 한 잔 갖다 주면 좋겠다고 생각한다. 승우라면 충분히 그래줄 수 있을 테지만 소용없는 희망이다. 전쟁과도 같은 격한 시간들을 보낸 후에야 비로소 획득했던 자유지만 이 순간 소영은 왠지 이 해방감이 편치 않다.

　소영은 눈을 감은 채 어젯밤의 행적을 차근히 되짚어본다. 김 기자, 이 차장, 손치수 이렇게 어울려서 술을 마셨다. 성인만화전문인 만화가 손치수를 일방적으로 궁지에 몰아넣었던 것이 기억난다. 그런 그림이 나오려면 마음먹고 여체의 구석구석을 관찰하거나 도색잡지라도 정기구독하고 있을 거라며 놀렸다. 두서없이 한 토막 한 토막씩 어떤 장면들이 떠오르긴 하지만 시간 순서대로는 아닌 것 같고 온전히 블랙아웃 상태가 된 시점 또한 알 길이 없다. 몇 차례인가 장소를 옮긴 것도 같은데 어디어딜 갔는지도 기억나지 않는다.

　남편과 이혼한 지 다섯 달 남짓 되었고, 결혼 전에 다니던 잡지사에 복귀한 것도 비슷한 시기에 이루어졌다.
　윤기 흐르는 전문직 여성들의 삶을 엿볼 때마다 자신이 초라하게 여겨졌다. 설거지통에 손을 담그면서 문득 자기 처지가 한심하게 여겨졌고 벗어 놓은 가족들의 옷을 세탁기에 집어넣으면서도 순간순간 억울했다. 청소기를 밀다가도 내가 이 시간에 어째서 이러고 있어야 하나 진저리쳤다. 아이들과 남편 뒷바라지, 해도 해도 끝이 없는 가사노동에 진저리치면서 소영은 자신이 영위하고 있는 삶이 하잘것없게 여겨졌다. 신문이나 방송에 등장하는 성공한 직업여성들을 볼 때면 발작처럼 자신을 제어하기 힘들었다. 경력단절하지 않고 계속 일했더라면 저들보다 더 잘되었을 거라는 심경 또한 지울 수 없었다. 소영은 생각했다. 남편과 아이들이 쳐놓은 덫에 걸려 버리고 말았다고. 그렇긴 해도 현우만 정상적인 아이였더라도 어떻게든 극복해서 그럭저럭 살고 있었을 것이다.

현우의 상태를 적극적으로 관찰하기 시작한 것은 아이가 막 두 돌이 지났을 때였다. 현우는 말을 하지 않았다. 엄마 아빠라는 말조차 하지 않았다. 아예 입술을 열지 않았다는 것이 맞는 표현일 것이다. 처음 소영부부는 그것에 대해 심각하게 여기지 않았다. 다만 발육이 늦다고만 생각했을 뿐이다. 순둥이인데다 철이 다 든 아이처럼 금지하는 것은 하지 않을 정도로 말귀를 잘 알아듣는 영특한 아이였기 때문이다. 반면 두 살 위의 승우는 부산한 데다 걸핏하면 말썽을 부려서 잔손질이 많이 갔고 그러다 보니 겉보기에 순했던 현우는 내쳐두는 편이었다. 현우가 장난감자동차에 관심을 보인다는 걸 알게 된 후로는 현우 옆에 언제나 작은 자동차모형을 두었다. 누워 있건 보행기를 타고 있건 자동차만 옆에 있으면 울지도 보채지도 않고 하루 종일 잘 놀았다.

소영은 아이가 신통했고 고마웠다. 집안일을 할 때도 아이 때문에 뒤로 미룬다든가 하지 못하게 되는 현상은 좀체 발생하지 않았다. 일하는 틈틈이 눈으로 확인만 하면 되는 정도였으니까. 시간이 좀 더 지나서는 장난감자동차 바퀴를 손가락으로 돌려본다거나 요철을 만지는 등 조금 더 적극성을 띠었다. 걸을 수 있게 되었을 즈음에도 바퀴에 대한 관심은 여전했는데, 이때는 장난감 보다는 실제의 자동차 바퀴에 보다 큰 관심을 보였다. 즉 현우가 좋아한 것은 모든 종류의 바퀴였다. 한 가지 것에 놀라울 정도로 몰두하는 현우를 보면서 소영은 이 아이가 혹시 천재가 아닐까 하는 어이없는 상상까지 했을 정도다. 그것이 아이의 이상을 늦게 발견하게 된 이유가 됐는지 모른다. 두 돌이 되어도 도통 말을 하지 않자 그제야 병원이라는 기관을 머릿속으로 떠올렸다. 그곳에서는 현우의 말문을 트이게 할 방도를 알려 줄 것이라고 믿었다.

대학병원 소아과를 찾았다. 소아과 의사는 소영의 설명을 듣자마자 대번에 정신과 쪽으로 가보라고 했다. 정신과란 말을 듣는 순간 소영의 가슴이 철커덩 쇳소리를 내면서 내려앉았다. 지레 좌절감에 빠지고 말았다.

소아정신과 전문의는 현우를 발달장애자폐증 환자, 라고 진단했다. 말이 늦되니 방법을 찾기 위해 간 것일 뿐인데 졸지에 덤터기를 쓰고만 기분이었다. 말을 하지 않는다는 것만 빼고는 지극히 멀쩡한 아이에게 이상한 병명을 덮어씌우는 것 같았다. 믿고 싶지 않았다.

"……오늘날의 육아문제는 경제성장과 핵가족화 그리고 물질만능적인 사회풍조와 밀접한 관계가 있으며……"

소영은 의사의 말에 도통 집중할 수 없었다.

"예를 들면 한 삼십년 전만 해도 아기 돌보는 시간이 어머니로선 가장 즐거운 일 가운데 하나였지요. 그러나 최근에는 육아가 귀찮고 번거로운 일로 전락해버린 경향이 있습니다. 경제적인 이유 때문에 아기를 낳지 않겠다는 가정도 늘어나고 있고요. 정서적인 접촉을 생명으로 하는 육아가 부모 중심적인데다 타산적인 것으로 변질되어가고 있는 것이죠. 어떻습니까? 혹시 제 의견에 공감 가는 부분이 없으신가요? 현우 어머니께선 혹시 현우 낳는 것을 망설인 적은 없었나요?"

소영의 심장이 세차게 뛰었다. 현우를 임신했다는 걸 알았을 때 소영은 생명에 대한 존엄성보다는 자신의 입장을 고려해 낳을 것인가 말 것인가에 대해 심각하게 저울질했던 것이다.

넋 나간 사람처럼 멍하니 앉아있는 소영을 건너다보던 의사가 문고판 크기의 얄팍한 책 한 권을 건넸다. 아이의 증상을 이해하는 데 도움이 될 거라고 했다.

　책자에 의하면, 각 대학병원 정신과를 찾는 어린이 환자가 근래 부쩍 늘어 총 정신과환자의 약 이삼십 퍼센트에 달한다고 했다. 이렇게나 많은 아이들이 정신질환을 앓고 있다는 사실에 소영은 놀랐다. 부모란 신분에 대해 책임감과 버거움을 동시에 느꼈다. 처음 가져보는 감정이었다.

　소영의 닥터쇼핑이 시작됐다. 유명 대학병원 특진실을 기웃댔다. 아이를 데리고 정신과를 찾아야 한다는 사실이 마냥 억울했지만 어쩔 수 없었다. 아이에게 정신적으로는 이상이 없다는 얘기를 듣기 위해서라도 멈출 수 없었다. 어떻게 내가, 이 말도 안 되는 병(현우의 증상을 병이라고는 절대 인정할 수 없지만 만일 그것이 진짜로 병이라면)을 가진 아이의 엄마일 수 있는가에 대해 끊임없이 의문을 가졌다. 내 아이가 그럴리 없다는 생각에 아이보다 자기 입장이 더 안타깝고 억울하고 그랬다.

　소영의 간절한 바람과는 달리 세월이 흘러도 현우는 나아지지 않았다. 좋아지기는커녕 난폭한 성향까지 함께 드러내기 시작했다. 자신의 요구가 받아들여지지 않으면 아무 데서나 데굴데굴 구르면서 울부짖었다.

　현우와 함께 병원에 다녀오던 길이었다. 자동차 바퀴만 뚫어져라 보며 걷던 현우가 패스트푸드점으로 소영을 이끌었다.

"엄마 햄버거 사줘. 이렇게 말해봐, 응?"

현우는 생긋 웃기만 할 뿐이었다.

버거와 콜라를 순식간에 먹어치운 현우가 손가락을 빨면서 일어나더니 이 자리 저 자리 기웃대기 시작했다. 얼른 데려와야 마땅했지만 그날따라 실험을 해보고 싶었던 소영은 현우의 동선을 따라 예의주시하고만 있었다. 그러던 어느 한순간 현우의 걸음이 빨라졌다. 소영의 심박동도 덩달아 빨라졌다. 뭘까? 아이가 왜 저럴까? 혹시 몰라서 벌떡 일어섰지만 쫓아가지는 않았다. 좀 더 지켜볼 요량이었다. 아이가 정지한 곳은 현우 또래 여자아이가 엄마인 듯싶은 여자와 함께 앉아 있는 자리였다. 눈 깜짝할 사이였다. 여자아이의 치킨을 스스럼없이 집어서 입속으로 가져간 것은. 그런데 그 행동이 너무도 능청스러워서 누가 보면 제 것을 먹는 줄 알 정도였다. 여자아이가 자지러지게 울었고 소영이 한걸음에 달려갔다. 혹시나 하는 기대는 여지없이 무너졌다. 소영은 모녀에게 진심으로 사과했고, 사죄의 의미로 같은 메뉴를 주문해줬다.

자리에 돌아간 소영은 내친 김에 한 번 더 시도해보기로 했다. 현우의 손에 돈을 쥐어주며 말했다.

"저기 누나 있는 데 가서 먹고 싶은 거 말하고, 사 가지고

와 봐. 알았지?"

현우는 씩씩하게 주문대로 걸어갔다. 소영의 심장이 다시 요동쳤다. 과연 아이가 해낼 것인가. 현우는 캡을 맵시 있게 쓴 소녀 앞에 섰다. 말썽을 일으키면 어쩌나 하는 두려움에 소영은 여차하면 달려 나갈 태세로 엉거주춤 몸을 일으켜 세웠다.

현우는 서있기만 했다. 아무리 기다려도 현우의 입술은 열릴 줄 몰랐다. 소영의 가슴이 초조함으로 타들어갔다. 가만히 서있기만 하는 아이에게 소녀가 말을 걸었다.

"뭐 줄까?"

현우는 입을 열지 않았다. 대신 작은 손가락으로 벽메뉴판을 가리켰다. 그러나 실물 보다 몇 배 크게 만들어진 것이라 현우가 가리키는 게 뭔지 자세히 알 수 없었다.

"프라이드치킨?"

현우가 남의 닭튀김을 먹어서 벌어졌던 소란을 알고 있는 소녀의 첫 번째 물음이었다. 현우는 아무 반응도 보이지 않았다. 소녀가 재차 물었다. 치킨너겟? 핫윙? 그럼에도 말 없이 서있기만 하자 소녀가 도움을 구하는 표정으로 소영 쪽을 봤다. 소영은 손짓으로 계속 시도해 보라는 신호를 보냈다.

"비스킷? 핫초코? 아니면…… 그래. 네가 손가락으로 다시 가리켜봐, 응?"

　소녀가 사진이 인쇄된 작은 메뉴판을 내밀었다. 여전히 현우는 별 반응을 보이지 않았다.

　"그럼 이렇게 하자. 맞으면 고개를 아래위로 끄덕이기. 알았지? 다시 해볼까? 이거?"

　현우가 고개를 저었다.

　"이거?"

　다시 고개가 가로로 흔들렸다.

　"그럼 이거?"

　현우의 고개가 까딱인 듯 했다. 소영의 눈에 그렇게 보였고 소녀도 같은 생각인 것 같았다. 소녀가 소영 쪽을 다시 봤고 소영이 고개를 까딱거려줬다.

　"응. 너는 크리스피윙이 먹고 싶었구나. 맞지? 맞으면 돈 이리 내봐."

　소녀가 하얀 손바닥을 펴보이자 현우가 손에 쥐고 있던 지폐를 내밀었다. 그래도 저 먹을 건 찾아 먹는구나. 소영이 가슴을 쓸어내리며 안도의 숨을 내쉬었다. 그러나 그것도 잠시, 느닷없는 난동에 가게가 발칵 뒤집혔다. 소녀가 건네준 플라스틱 쟁반을 바닥에 내동댕이친 현우가 괴성을 지르며 울부짖기 시작한 것이다. 눈 깜짝할 사이에 바닥에 드러누워서 악을 써댔다.

소영이 주문대로 내달렸다.

"미안해요. 미안해요. 우리 애, 발달장애가 있어요."

처음으로 '장애'라는 말을 세상에 대고 발설한 순간, 소영의 눈에서 눈물이 흘러내렸다. 가슴이 메어진다는 게 어떤 의미인지 알 것 같았다. 이를 악물었지만 볼을 타고 흘러내리는 눈물은 그칠 줄을 몰랐다. 눈물을 손등으로 훔치며 현우를 일으켜 세웠다. 온몸이 부들부들 떨렸다.

소영은 아이를 꼭 껴안고 달랬다.

"먹고 싶은 게 뭐니, 현우야?"

소영이 메뉴판을 아이에게 보여줬다. 언제 소동을 부렸느냐는 듯 말간 얼굴로 되돌아온 현우가 감자튀김 사진을 작은 손가락으로 가리켰다.

"감자튀김?"

정확성을 기하기 위해 소영이 사진을 다시 짚어 보이자 현우가 고개를 끄덕였다. 주문대의 소녀는 충격에서 헤어나지 못한 채 소영 모자를 주시하고 있었는데, 두 눈에 눈물이 그렁그렁했다. 그 모습을 보는 순간 소영은 다시금 울고 말았다.

잠시 후 현우는 아무 일 없었다는 듯 쟁반을 두 손에 받쳐 들고 자리로 돌아갔다. 현우는 두 다리를 앞뒤로 까불어대며 일회용 케첩을 치아로 물어뜯어 짜내고는 바삭하게 튀겨진 감자를 맛나게 먹었다. 혹시 일부러 소동을 피운 게 아닌가 싶을 정도로 천연덕스러운 모습이었다.

의사는 말했다. 발달장애아 중에서 언어장애가 가장 많은 수를 차지하며 그 다음이 심신증, 저능 등의 차례로 나타나는데 행동과다증이나 사회성결핍, 발작, 안면경련 등을 동반해서 앓는 경우가 많다고 했다. 현우는 언어장애에다 행동과다증과 사회성결핍까지 가지고 있는 복합장애아였던 거다.

현우는 숱한 갈등 끝에 어렵게 세상에 내놓은 생명이었다. 무기력과 심한 권태에 빠져들던 당시, 소영은 아이가 아니라 사회복귀를 강력히 희망하고 있었다. 그런 와중에 자리잡은 생명은 소영에게 기쁨이라기보다 부담스러운 존재였으나 남편의 생각은 달랐다. 직장은 두 아이 모두 키우고 난 후에 하는 게 좋겠어. 말투가 강하지는 않았으나 냉정하고 단호했다. 책을 쓰라 해도 쓸 수 있을 만큼 남편에 대해 속속들이 알고 있는 소영으로선 그가 무슨 생각으로 그런 말을 하는지 너무도 잘 알고 있었다. 아기를 포기한다면 우리 사이가 어떻게 될지 장담할 수 없어, 라는 말과 동의어였다. 소영의 고민은 깊었다. 일과 가정 둘 다 소중했으니까. 오랜 시간에 걸쳐 공들여 남편을 설득했지만 뜻대로 되지 않았다. 아이들 기르고 난 다음에 하라잖아. 최소한의 엄마 역할 다한 후에 하고 싶은 일 실컷 하라잖아. 남편은 같은 말을 되풀이했다. 결국 둘째를 낳았지만 내내 번민했기에 태교에 신경 쓸 겨를이 없었다. 태아는 뱃속에서 많이 외로웠을 것이다.

현우는 승우가 애지중지하는 로봇의 팔을 부러뜨리거나 공책을 찢는 등 하루가 멀다 하고 말썽을 부렸다. 승우는 동생의 횡포를 대부분 참아내는 편이었지만 그 아이 또한 어린 나이라 감당키 힘들 때가 많았다. 흔하게 일어나는 일은 아니지만 크게 싸우기도 했다. 사내아이들이다 보니 그럴 때에는 주먹이 오가기도 했다. 다툴 때 소영이 혼내는 쪽은 언제나 큰아이 승우였다.

왜 말을 하지 않는 거니? 제발 한 번만이라도 좋으니 엄마, 하고 불러봐. 안타까움이 넘쳐흘러 서러움이 되고 그 서러움이 높은 파도가 되어 소영을 집어삼키면, 소영은 아이를 부둥켜안고 엉엉 목 놓아 울었다. 공감능력이 결여되어 있는 아이는 제 엄마가 서럽게 울어도 별 반응을 보이지 않았다.

그간의 노력도 헛되이 전혀 개선되지 않은 채로 현우도 유치원에 갈 나이가 되었다. 담당의는 특수학교 유치원을 소개해줬지만 받아들이지 않았다. 특수학교에 넣어버리면 다시는 일반 세상으로 돌아오지 못할 것 같아 두려웠다. 일반 유치원에 넣는 대신 별도로 특수치료를 병행했다. 물론 아이의 유치원 생활은 순조롭지 않았다. 자기주장이 받아들여지지 않으면 드러누워 생떼를 부렸고 걸핏하면 폭력을 행사했다. 한 유치원에서 적응하지 못하면 다른 곳으로 옮기는 식으로 현우는 몇 군데의 유치원을 전전했다. 그런 상황임에도 특수 유치원으로는 보내기 싫었다. 치료사의 권유에 따라 동네 아이들을 불러 모아 어울리도록 유도하기도 하고 엄마로서 할 수 있는 한의 모든 노력을 다 기울였으나 좋은 결과는 얻지 못했다. 현우에게는 그 무엇도 통하지 않았다. 사회성결핍이 언어장애보다 훨씬 심각한 장애였다.

현우에게 집착하느라 남편과 승우는 뒷전이었다. 소영은 현우 외엔 다른 무엇도 존재하지 않는 것처럼 살았다.

최선을 다해도 나아지지 않는 아이를 안타깝게 바라보는 사이 어느덧 초등학교에 입학할 시기가 되었다. 담당의는 이번에도 특수학교를 추천했다.

"유·초·중·고등학교 과정은 물론이고 전공과 과정도 함께 있는 공립특수학교입니다. 모두 무상교육이고 통학버스도 운영하고 있습니다만 학교가 지방이라 현우는 기숙사를 신청해야 할 겁니다. 치료사를 전담배치하고 있는 학교이고 소규모지만 병원학교도 있는 곳입니다. 현우가 기숙사에서 지내면 어머님 입장에서는 예전보다 훨씬 편해지실 거예요."

장애아동들과 함께 하기엔 너무도 멀쩡하고 예쁜 자식이지만 하는 수 없는 일이었다. 현우를 마침내 특수학교에 입학시키던 날, 소영은 자신과 동일한 마음고생을 하고 있는 부모들이 많다는 사실에 놀라움을 금치 못했다. 그러나 동시에 위안도 함께 받았다. 입학정원이 많지 않아 미처 입학하지 못해 대기하는 아이들도 있다고 들었다. 증상이야 저마다 달랐지만 참석한 부모 모두가 제 자식은 아까워했다. 그들도 소영과 마찬가지로 특수학교란 곳에 자기 아이를 맡겨야 한다는 사실에 현실감을 느끼지 못하는 것 같았다. 하나같이 기적을 갈구하고 있었다.

남편은 입학식 날 아침, 현우의 볼을 살짝 만졌을 뿐 그 이상의 어떠한 감정표시도 하지 않았다. 심지어는 입학선물도 마련하지 않았다. 그는 숟가락을 놓자마자 한 마디 말도 하지 않고 출근해 버렸다. 끝내 특수학교에 넣을 수밖에 없는 상황이 속상했을 것이다. 그 마음이야 알지만 그럼에도 소영은 남편이 원망스러웠다. 그리고 문득, 남편이 언제부턴가 자신과 눈 맞추는 일조차 피하고 있다는 사실을 깨달았다. 머리를 맞대고 아이 문제를 의논하지 않게 된 지도 오래되었다는 걸 그제야 인지했다. 혼자서 이리 뛰고 저리 뛰느라 다른 데엔 신경 쓰지 못하고 허겁지겁 살았다. 돌이켜보니 그 세월을 어떻게 견뎠나 싶은 마음이 들면서 모든 것이 허망했다.

외로운 마음으로 현우를 특수학교에 넣고 돌아오던 날 소영은 몹시 허전했다. 현우가 없으니 마땅히 해야 할 일도 없었다. 넋이 다 빠져나가버린 것 같았다. 침대에 드러누웠다. 아팠다. 많이 아팠다. 소영은 오래도록 잤다. 승우가 간식을 챙겨먹고 학원에 가는 것도 몰랐고 남편이 퇴근해 들어와 샤워하고 텔레비전을 시청해도 알아차리지 못할 정도로 죽은 듯이 잤다. 몇날 며칠을 잠만 잤다. 걱정스러웠던 승우가 흔들어 깨워도 눈만 겨우 떠 보일 뿐 일어날 줄 몰랐고 남편이 이마를 짚으며 병원에 가보자고 말해도 그것이 꿈인지 현실이지 파악하기 힘들었다.

자리 털고 일어났을 때, 그때는 이대로 있다가는 소멸되어 버릴 것 같은 위기감에 사로잡혔다. 하루하루가 지나치게 길기만 한데 대체 뭘 하며 견뎌야 할지 알 수 없었다. 현우 담당의가 경고했었다. 현우를 기숙사에 넣고 나면 시간이 많이 남을 것입니다. 편한 측면도 물론 있으시겠지만 자칫 우울증 같은 것이 올 수 있습니다. 운동을 하신다거나 다른 소일거리를 찾으시는 게 좋을 겁니다.

소영은 살고 싶었다. 살고 싶어서 남편을 붙잡고 통사정했다.

"일이라도 해야겠어. 이 고비를 어떻게 넘겨야 할지 도통 모르겠다고."

남편은 소영의 하소연을 심각히 여기지 않았다. 직장을 다니기 위해 수 쓰는 걸로 오해했다.

"아이 하나도 똑바로 기르지 못한 사람이 사회생활까지 하겠다고? 감당할 수 있겠나?"

남편은 어이없어하는 표정으로 코웃음 쳤다. 소영은 그제 야 비로소 눈이 번쩍 뜨이는 느낌이었다. 머리를 한 대 얻어 맞는 것 같았다. 남편은, 그러니까 현우의 장애를 소영의 탓 으로 돌리고 있었던 거였다. 그간 보였던 남편의 싸늘한 태도 는 바로 이 때문이었던 것이다. 소영은 분노했다.

승우의 도벽을 눈치 챘을 때 소영은 화를 낼 기운조차 남 아있지 않았다. 혼자 버려져있는 시간이 많았음에도 승우는 자기 할일에 태만하지 않았고 그런 아이를 보면서 매번 신통 하게 여겼다. 기특하고 든든했다.

양쪽 주머니가 유난히 불룩하다는 생각이 들지 않은 건 아니지만 특별하게 여기지 않았다. 아이가 흘금흘금 눈치를 봤다. 문득 수상쩍은 마음이 들었다. 그렇더라도 도둑질과 아이를 연관하여 생각하지 않았다. 어느 부모들 그렇지 않았겠는가. 다만 지나가는 말투로 무심히 물었을 뿐이다. 주머니가 왜 그렇게 뚱뚱하니? 뭐가 그렇게 많이 들었어? 승우가 지레 겁을 먹고 울음을 터뜨리지 않았다면 모르고 넘어갔을 것이다. 무슨 일이 있는 거구나! 가슴이 벌렁거렸다. 승우의 호주머니에서는 초콜릿과 과자 같은 것들이 조금 전 지영이 손에 쥐어준 천 원짜리 지폐와 함께 나왔다. 아, 너 마저! 짧은 외침이 탄식처럼 터져 나왔다.

승우에게 여태까지 훔친 거 하나도 숨김없이 적어보라고 명령했다. 거짓말을 하면 파출소에 잡혀간다고 으름장을 놓았다. 승우가 내민 종이에는 군것질 종류는 물론이고 학용품도 있었다. 대체 왜 이런 짓을 하는 거니? 용돈이 모자랐니? 소영의 다그침에 승우가 도리질했다.

"현우 병 고치려면 돈 많이 들잖아."

"그래서?"

"돈 내는 게 아까웠어."

승우의 말 한 마디 한 마디에 억장이 무너져 내렸다. 아이 앞에서 눈물을 보이면 안 된다는 일쯤 모르지 않지만 자제할 수 없었다.

"돈은 함부로 쓰지 않았어. 정말이야. 엄마 주려고 다 모아

놨어."

눈물과 콧물로 뒤범벅 된 얼굴을 손등으로 문지르며 변명하던 승우가 벌떡 일어섰다.

"내가 저금한 돈 다 엄마 줄게. 현우 병 고치는 데 써."

소영은 제 방으로 들어가려는 승우를 제지했다. 먼지떨이를 집어 들었다. 처음 들어보는 매였다. 아이는 밉지 않았다. 미운 건 소영 자신이었다. 아이는 다만 가여울 따름이었다. 찢어지는 듯 아린 마음에 아이보다 더 많은 눈물을 흘리면서 가는 종아리를 후려쳤다. 그건 자신의 살을 생으로 도려내는 것과도 같은 아픔이었다. 마음 같아선 꼭 보듬어주고 싶었지만 이를 악물고 참아야 했다.

남편에겐 알리지 않을 작정이었다. 또 어떤 말이 그 입에서 나올지 몰라 두려웠다. 그러나 승우의 부어오른 종아리는 쉽게 눈에 띄었고 사태를 알게 된 남편의 눈이 차갑게 일그러졌다. 그 눈은, 이래도 네가 직장을 다니려고 하느냐며 조롱하는 것 같았다. 차마 일을 하겠다는 말은 다시 꺼내지도 못한 채 소영의 일상은 더욱 더 무기력해져 갔다.

소영의 가정은 미래를 가늠하기 힘든 수렁 속으로 빠져들었다.

"이혼하자."

출근길, 구두를 신기 위해 허리 굽힌 남편의 정수리에 대고 소영이 버석거리는 목소리로 내뱉었다.

"직장 다니겠다더니 이젠 이혼이야?"

남편은 대꾸할 가치도 없다는 듯 휑하니 나가버렸다.

소영은 끈질기게 졸랐다. 출근할 때도, 귀가할 때도, 얼굴을 볼 때 마다 말했다. 모든 것 접고 현우에게만 매달렸던 그때처럼 소영은 이혼에다 목숨 건 사람처럼 이혼을 얘기했다. 한때 기분으로 그러다 말겠지 싶었던 남편도 종래엔 질린 것 같았다.

"직장 다니지 말랬다고 이혼하는 사람도 다 있나?"

"당신하곤 더 이상 살지 않겠어. 나도 존중받고 싶어. 현우 데리고 다니며 발버둥칠 때 당신은 뭐했나 곰곰이 생각해 봐. 내가 일일이 말하지 않았지만 당신은 그때도 지금도 너무나 이기적이야. 이게 이혼사유야."

"이혼 같은 건 내 인생에 없어. 당신을 사랑해서가 아니라 도둑질하는 자식과 모자란 자식 뒷바라지 때문에라도 이 집에 오래오래 있어줘야겠어."

남편의 말이 끝남과 동시에 소영의 손이 그의 뺨을 힘껏 후려쳤다. '모자란 자식'이란 말이 부모 된 자의 입에서 튀어나오다니 믿기 힘들었다. 그러자 남편도 기다렸다는 듯 소영의 뺨을 올려붙였다. 철썩 철썩. 것도 두 번이나 연거푸 때렸다. 소영의 뺨은 벌겋게 물들었고 후끈 달아올랐다. 소영은 남편의 손찌검의 느낌에서 일말의 애정도 남아있지 않다는 걸 명확히 감지했다. 그러면서도 이혼하지 않겠다니 이건 무슨 마음보란 말인가. 조금 전 남편이 내뱉은 말은 완벽한 그의 진심이었던 것이다. 도둑질하는 자식과 모자란 자식 뒷바라지 때문에라도 이 집에 오래오래 있어줘야겠어.

소영이 소리쳤다.

"아이들은 내가 맡을 테니 그냥 이혼만 해줘. 도둑질하는 자식과 모자란 자식, 그 자식들 내가 돌보겠다고."

"지금 제정신이야? 어떻게 애 둘을 건사하겠다는 건지 원."

"성치 않은 아이 때문에 괴로웠겠지. 무척이나 힘들었겠지. 그렇지만 왜 내 감정은 묵살하는 거지? 함께 걱정하고 상처 어루만지면서 그렇게 살면 안 되는 거였나?"

소영부부는 눈만 마주치면 목소리를 높였다. 무엇하나 마음이 일치하는 게 없었다. 그동안 어떻게 부부로 살았는지 불가사의할 지경이었다. 싸우느라 입속에 든 밥알을 채 씹어 삼키지도 못하고 출근하던 어느날, 남편은 귀가하지 않았다. 소영도 남편을 기다리지 않았다. 아니 매일매일 기다렸다. 가방을 싸놓고 기다렸다. 승우는 언제 떠날지 모르는 엄마를 두려운 눈으로 지키며 집안에서만 맴돌았다.

며칠 만에 들어온 남편은 새 출발을 해보자고 했다. 직장 다니는 것 말리지 않을 테니 이혼만은 하지 말자고 했다. 아이들이 어느 정도 성장할 때까지는 함께 키워야 할 의무가 있지 않겠는가, 라는 말로 소영을 설득하려 했다. 소영은 흔들리지 않았다. 이 사람과는 절대로 함께 살 수 없다고 생각했다. 가정은 더욱 더 험악해져갔다.

승우는 눈치 살피는 가엾은 아이로 변해가고 있었다.

타협이 불가능해 보이는 소영의 고집에 지쳐버린 남편이 급기야 손을 들었다. 그렇게도 소원이라면 이혼에 합의는 해주겠으나 아이들에 대한 권리는 깨끗이 포기하라고 했다. 이 문제로 인해 두 사람은 또 한동안 옥신각신 다퉜다. 남편으로선 아이들을 포기하면서까지 설마 네가 이혼을 감행하랴 싶은 생각이 내심 있었을 것이고, 소영의 의중을 밝히자면 부모 자식 간의 정이 헤어진다고 어디 가겠나 싶은 자신감에다 아이들을 사이에 두고 재판까지 가고 싶지 않아 그 부분은 일단 물러서기로 했다. 그러나 내심 자리 잡히는 대로 아이들을 데리고 올 작정이었다.

"반드시 후회할 거야 당신. 아이들 만날 생각은 꿈에서라도 하지 마. 언젠가는 데리고 가겠다는 마음 또한 버리는 게 좋을 거야. 특히 내가 다시 받아줄 거란 기대는 절대 하지 마."
남편의 눈에서 시퍼런 불이 일었다.

새로운 생활이 시작됐다. 처음에는 남편에게서 벗어났다는 사실 하나 만으로도 흡족했다. 결혼 전 다니던 잡지사에 복귀한 덕에 일자리 걱정도 없었다. 휴일은 진종일 이불 속에서 뭉그적이다 인스턴트 음식으로 때워도 좋았고 밤늦게 귀가해도 눈치 볼 사람 없어서 좋았다. 편집 마감일 즈음 동료들과 함께 하는 야근도 좋았다. 얼마나 바라던 생활인가. 결혼생활 따위 처음부터 존재하지도 않은 것 같았다. 늦은 밤 오피스텔에 도착해 아무도 없는 실내에 발을 들이고 스위치를 올리면 기다렸다는 듯 파닥이며 켜지는 전등에서도 자유를 느꼈고 오로지 자신만을 위해 한 주먹의 쌀을 밥솥에 안쳐도 행복했다. 일하며 문득 승우의 얼굴이, 찻잔을 입술에 대면서 불현듯 현우의 모습이 떠오르지만 않는다면 그건 완벽한 생활이었다. 하지만 아이들은 그대로 내내 소영에게 아픔일 수밖에 없었다. 감당할 수 없는 그리움에 시시때때로 아팠지만 언젠가 때가 되면 아이들을 데려오리라 생각하고 있기에 참을 수 있었다. 이혼을 후회하는 일이란 절대 없을 것이라고 자신했다. 그러나 어제 퇴근시간 임박해서 걸려온 승우의 전화에조차 의연할 수는 없었다. 승우는 다짜고짜 소영에게 용서를 구했다.

"엄마 잘못했어요. 이제는 도둑질 하지 않아요. 앞으로도 남의 것 훔치지 않을게요. 제발 돌아오세요."

승우는 도벽이 부모의 이혼에 어떤 영향을 미친 게 틀림없다고 여기는 모양이었다. 너 때문에 그런 거 아니라고 설명했다. 아이의 작은 가슴에 상처로 남을까봐 필사적으로 변명했다.

"그럼 현우 때문이야?"

물론 아니라고 말했다. 단지 엄마 아빠 사이의 문제라고, 네가 이담에 크면 다 알게 될 거라는, 상투적인 말을 해줄 수밖에 없었다. 소영은 문득 두려움에 몸을 떨었다. 이 아이마저 비정상적으로 성장한다면? 갑자기 말할 수 없이 초조해지기 시작했다.

"엄마 좀 만날까?"

소영의 말에 승우는 그럴 수 없다고 대답했다. 허락 없이는 엄마 만나지 않기로 아빠와 약속했다고 아이가 설명했다.

망설이던 끝에 남편에게 전화했다. 그는 소영의 전화를 받지 않았다. 일부러 안 받는 것이 분명했다. 사무실의 유선번호를 누를 수밖에 없었다. 전화를 받은 사람이 소영에게 누구냐고 물었다. 생각지 못한 질문은 소영을 당혹스럽게 만들었다. 집인데요, 이렇게 말하던 때가 있었지만 이젠 '집'이 아니지 않은가.

"전화 바꿨습니다."

예전에는 함께 살았지만 지금은 그렇지 않은 남자의 목소리를 전화로 듣는다는 건 기분이 야릇했다.

"나야."

"누구시라고요?"

목소리를 모를 리 없다. 남편은 일부러 모른 척 하는 것이다. 졸렬한 인간 같으니라고.

잠시 침묵이 흘렀고, 이어 분노를 억누르는 낌새가 역력한 목소리가 칼처럼 날아와 소영의 귀에 꽂혔다.

"무슨 일입니까?"

낯설고 건조한 경어였다. 소영의 속이 뒤집어졌다. 이렇게까지 할 필요는 없지 않은가. 남편의 유치한 태도에 고소를 금할 길이 없었지만 덕분에 평정을 되찾을 수는 있었다.

"승우가 전화했어."

"그래서요?"

소영은 수화기 너머에 있는 남편의 얼굴을 그림으로 그리라고 해도 그대로 그릴 수 있었다. 숱 많은 두 눈썹이 꿈틀대고 입술엔 냉소가 깃들어 있을 것이다.

"죄의식을 느끼는 것 같아. 어떻게든 해줘야……"

"무슨 자격으로 우리 부자 사이에 끼어드는지 모르겠습니다. 내 아들은 내가 알아서 할 테니 관심 끊으시고 그 잘난 일이나 열심히 해보시죠."

이렇게나 모질게 굴다니. 남편에 대해 다시금 분노가 치받쳤다

남편의 냉랭한 태도와 승우에 대한 걱정이 편두통으로 돌변해 타이레놀을 삼켜야 했던 어제 퇴근 무렵, 어쩐지 돌아갈 곳 없는 고아와 같은 심정으로 망연자실 앉아 있었다. 소영은 자신이 갑자기 세상에서 가장 불행한 여자가 되어버린 듯했다. 한 사람, 두 사람 사라져간 사무실에는 김 기자와 이 차장 두 사람 만이 남아있었다. 소영이 힘없는 손길로 가방을 들고 막 일어서려는 순간 손치수에게서 전화가 걸려왔다. 소영은 김 기자, 이 차장과 함께 손치수를 만나러 갔고 술을 마셨으며 기억이 끊어져서 돌아왔다. 혼자 살기 시작한 지 다섯 달 만에 발생한 일이었다.

목이 말랐다. 하지만 오피스텔엔 빈 생수통 밖에 없었다. 뚜껑이 활짝 열려 있는 세탁기에는 빨랫감이 수북이 쌓여있었다. 돌돌 말려있는 울 스타킹이며 라벨을 내보이며 뒤집어

져있는 블라우스, 무수히 많은 팬티와 수건들. 새삼스런 눈으로 훑어본 실내엔 먼지가 뿌옇게 앉아있고 벤자민은 작은 이 파리를 축 늘어뜨리고 있었다.

　소영은 커피라도 마실 요량으로 전기포트에 수돗물을 담아 콘센트에 꽂고는 욕실로 들어갔다. 빈 욕조에 몸을 누이고 더운물을 받았다. 아무래도 무언가 잘못 돌아가는 것 같았다.

　"괜찮아?"

　소영이 자문하자 다른 소영이 대답했다.

　"괜찮아."

　소영이 눈을 감았다.

　시간마저 정지된 것 같은 아련한 느낌이었다. 허허벌판이 펼쳐져있는 그림 안에 세 사람이 있었다. 쌍둥이처럼 두상이 닮아있는 세 남자였다. 뒷모습만으로도 남편과 현우, 승우란 걸 알 수 있을 정도로 익숙했다. 아이들 이름을 천천히 하나하나 불러보았다.

　"현우야."

　"승우야."

　현우가 돌아봤다.

　"엄마다!"

처음으로 들어보는 현우 목소리였다. 어머, 우리 현우가 말을 하네. 목이 메었다. 눈물이 흘러내렸다.
아이가 물었다.
"엄마, 괜찮아?"

■ 작품해설 ■

세계의 구토자, 여자
세계의 균열자, 여자

윤김지영(페미니스트 철학자)

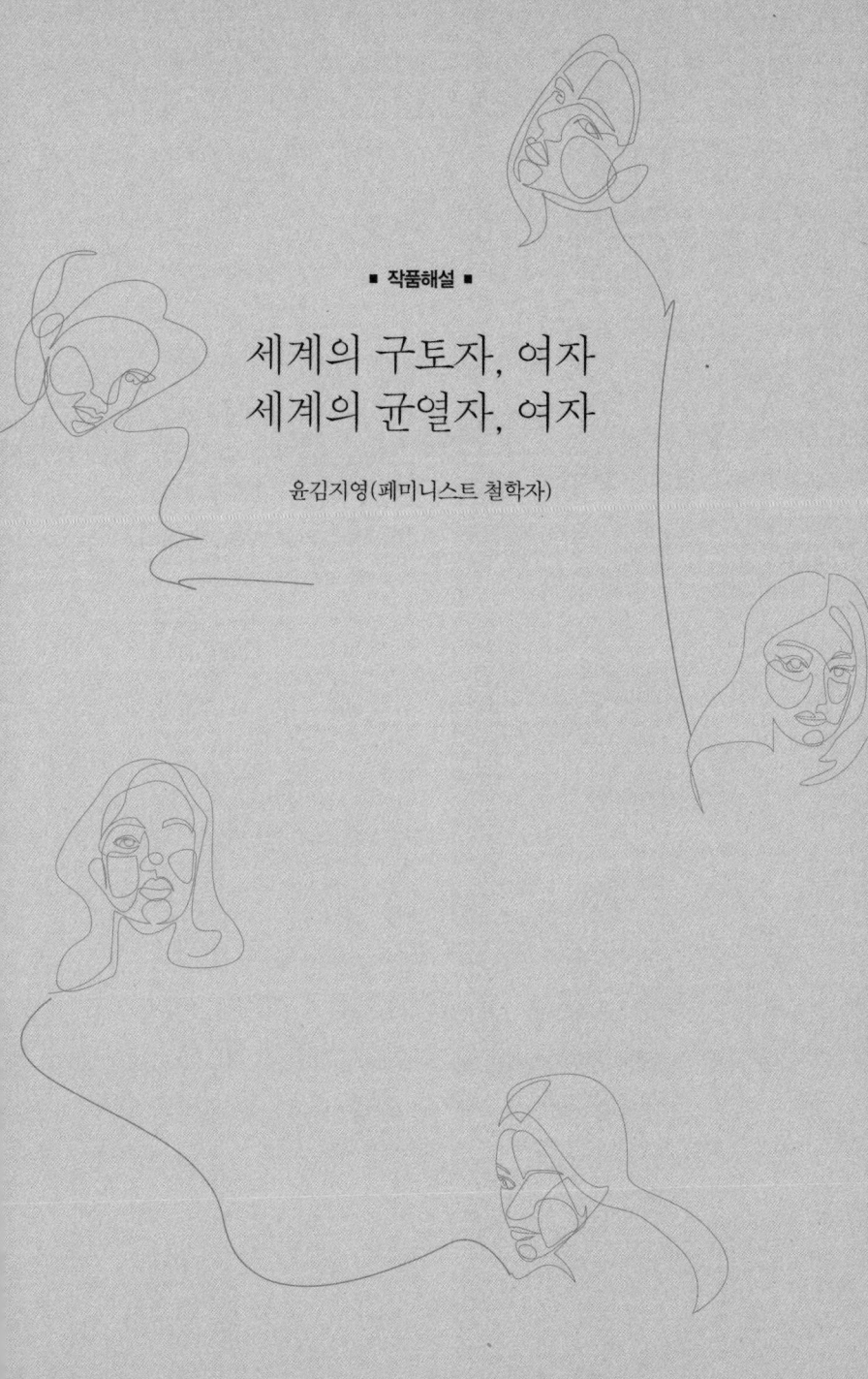

페미니즘이라는 시대적 감각은 우리에게 무엇을 요청하는가? 일상의 평온이 어느 누구의 고통을 강제 봉인시켜 침묵의 늪으로 침잠시켜 온 결과였는가를 파헤쳐 드러내는 것, 그것이 바로 페미니즘이다. 이러한 파헤쳐 드러내기 작업이 수행되는 주된 영역은 외부의 적이 아닌 가장 이상화되어 있고 가장 친근한 영역인 가족제도이다.

『여자라서 행복하다는 거짓말』 역시 엄마와 아버지, 자식의 뒤얽힌 관계망을 바탕으로 짜여 있다. 일곱 편 소설의 주인공은 딸이었다가 엄마이기도 하고 아버지이기도 하며, 아기를 유기하여 엄마조차 될 수 없었던 이, 불임으로 인해 아버지가 될 수 없었던 이의 이야기로 빼곡히 채워져 있다.

다시 말해, 신중선 작가의 소설 『여자라서 행복하다는 거짓말』은 가족이라는 친밀성의 양식 안에서 어떤 생채기가 계속 생겨나는지, 어떻게 서로에게 삶의 무게를 덧씌우고 있는지, 어떤 침묵을 강요해내는지, 어떤 방식으로 고요한 잔혹극이 전개되는가를 선연하게 그려낸다.

세계의 비린내를 맡는 자

「정희의 시간」에서 정희는 어느 감각보다도 후각이 예민한 아이다. 이로 인해, 할머니에게서 죽음의 냄새를 맡음으로써 할머니와의 애착구도조차도 제대로 형성할 수 없는 까칠함을 가진 이로 묘사된다. 여러 재현체계인 드라마나 소설, 교과서 등을 통해 그렇게 따사롭고도 무제한적 사랑의 세계로 등치되어오던 할머니에게서는 사실 죽음에 근접한 내음이 진동한다는 걸 우리는 애써 숨겨왔다. 바로 이러한 낭만화된 베일을 걷어내고 마는 이가 정희였기에 그녀의 유년기는 불편하고도 예리한 진동으로 우리에게 다가온다.

이렇듯 세계를 구성하는 냄새들에 역겨움을 달고 살아야만 하는 정희가 부조리한 세계의 냄새에 기민함의 깃을 세울 수밖에 없던 것은 자명한 일이기도 하다. 왜냐하면 세계의 냄새란 고름들을 산적시켜놓은 현실을 '어쩔 수 없는 것', '원래 그런 것'으로 덮어 놓아버리는 일련의 생의 태도의 압축판이기 때문이다. 그러나 이에 대해 예민하게 반응하는 자들에게 세계는 가장 오래되고도 익숙한 폭력의 양식을 처벌기제로서 준비해둔다. 그 기민한 감각을 마비시켜 버리기 위해. 일곱 살의 정희는 아동 성폭행이라는 남성폭력 앞에서, 가해자의 냄새를 온 세포에 각인해 버린다. 아버지도 잘 아는 동네 아저씨에 의해 성폭행을 당하지만 그 누구도 가해자를 밝혀내려 하지 않았으며, 이러한 행위가 사회적 제재를 제대로 받아야할 범죄행위임을 아버지마저 입증하려 하지 않는다. 그냥 재수 없었던 일 정도로, 들추어낼수록 피해자만 손해인 일로 아동 성폭행이라는 강력 범죄는 동네의 비밀로 부쳐졌으며 어느 누구도 정희에게 그날의 진실을 묻지 않는다. 정희는 그날의 진실을 다 토해낼 수 있는 명민함과 예민함을 가진 아이였지만 이 사회는 그 아이에게서 말의 자리와 시간마저 빼앗은 것이다.

 이처럼 남성중심적 사회는 가해자에게는 아무렇지 않게 이 사회를 활보하고 다니도록 용인하지만 피해자에게는 자기혐오의 굴레에 갇혀 스스로를 수치심에 결박하도록 다음과 같이 권유한다. "다 너를 위해서이니 너의 입단속만 잘 하면 이 모든 것이 마치 일어나지 않은 일처럼 될 것이다." 이러한 진부한 처세의 말들은 남성폭력을 당한 이들에게 체념을 아로새기길 강권함으로써 그 어떠한 폭로의 자리도, 그 어떠한 반격의 제스추어도 다 거두어 가버린다. 일곱 살 정희는 아버지의 침묵 앞에서 그러한 처세의 문법, 결국은 가해자를 편하게 내버려두어야 한다는 강자의 규칙을 읽어내어 버리고 만 것이다. 그 굳게 다물어진 아버지의 입은 정희의 입마저도 재갈을 물리는 행동이었으며 정희는 아버지에 의해 가해자가 누구인지 지목할 그 마지막 권리마저 박탈당한다. 왜냐하면 침묵의 카르텔이란 낯선 자가 우리에게 부과하는 강령이 아니라, 가족이라는 가장 친근한 얼굴이 아이에게, 여성에게 요구해오는 덕목이기 때문이다.

여기서 우리는 정희의 아버지가 피아노 조율사이자 절대음감을 가진 이임에 주목할 필요가 있다. 딸 정희가 후각적 예민함을 가졌다면, 그녀의 아버지는 청각적 예민함의 소유자였던 것이다. 딸의 후각이 가해자의 냄새, 그 부조리한 세계가 남성폭력으로 발현되는 순간의 방출적 냄새를 다 포착해냈음에도 불구하고 이를 전혀 듣고자 하지 않은 아버지. 하지만 그 자신의 청각적 기민성으로 인해, 아이 정희가 온 몸으로 진동해내는 비명의 주파수를 그 누구보다도 먼저 들어버렸을 것이다. 그럼에도 그는 귀를 닫아버렸다. 자신의 예민한 감각이 불합리한 세계와 맞서는 저항기술이 되는 것을 스스로가 차단함으로써 아버지는 아이의 곁이 아닌, 가해자의 곁으로 건너가 버리고 만 것이다.

이로써 아이는 고립을 경험했을 뿐만 아니라, 집안의 수치이자 마을의 수치로 이 일이 다시 회자되어 곤욕을 치러야 하는 고등학교 이학년생 정희 안에 갇히고 만다. 왜 부끄러움의 몫은 가해자가 아닌 피해자의 몫이어야만 하는가? 정희는 아동 성폭행 생존자이지만 피해의 기억이 자신의 발목을 붙잡지 않도록, 그 폭력의 진실을 마을 공동체가 매장해버린 그곳으로부터 야반도주하는 것 외에는 다른 선택권이 없어 보였다.

자신의 진실을 스스로 발굴할 권리조차 박탈당한 정희는 두 가지 방식으로 그곳으로의 귀환과 복수를 시도한다. 첫 번째로 그 곳에 자신의 아이를 낳고서 다시 도망쳐버린 귀환의 방식은 무엇을 뜻하는가? 자신에게 소홀했던 아버지에게 자신의 아이를 유기해버림으로써 '아이 정희를 제대로 돌보지 못했던 바를 어떻게 상쇄할 것인가?'란 과제를 강제 부과한 것이다. 일곱 살 아이의 자신을 매순간 안고 살아가야하는 정희는 자신의 아이를 품는 대신, 이 아이를 아버지에게 떠맡겨버림으로써 아직 클 수 없는 자신의 멈춰진 시간에 대한 요구를 강요한 것이다.

두 번째로 정희는 자신의 후각적 예민성을 믿고 그 냄새의 장소로 2차 귀환을 시도한다. 어느 누구도 그 추적에 동행해주지 않았던 그 길에 혼자 저벅저벅 들어선 것이다. 2차 귀환길에서 정희는 그날 밤 냄새의 주인공을 향해 새빨간 물을 들인다. 그리고 찾아간 아버지 집 앞에서 정희는 1차 귀환길에서 유기했던 자신의 아이가 성년이 된 모습을 목도한다. 새빨간 니트 원피스에 묻어나는 젊음의 살 내음이 정희가 1차 귀환길에 놓고 왔던 시간의 달음박질을 의미한다면, 그 새빨간 생명의 색감이 정희에게 등을 보인 채 사라져갔다.

정희는 2차 귀환길에서, 그날 밤 아이 정희를 온몸으로 짓누르던 그 가슴팍에 허용되지 않았던 여성 서사의 날들을 꽂아버렸다. 더 이상 기억의 뒤안길이 아닌 현재의 정면충돌의 방식으로 전병 냄새 가득 배인 그 남자의 가슴팍에 가해자의 몫이 무엇인지를 새빨간 핏물로 오롯이 새겨준 것이다. 세계가 강요한 침묵을 뚫고서 여성 서사의 분노어린 날이 꽂히자 그제야 일곱 살 아이 정희는 그녀에게서 사라졌다.

이제야 정희는 '여자, 정희'가 된 것이다.

세계의 부조리를 맡는 자, 세계를 구토하며 침묵의 베일을 찢어발기는 자, 여자!

남자의 꿈 목록-여성살해?

이 세계에서 오직 남성만이 폭력을 정당하게 활용할 수 있는 자라면 여성들은 이러한 폭력을 활용할 권리마저 역사적으로 탈취당해 왔다. 그 어떤 경우에도 반격하지 말 것을, 고분고분 두려움을 온몸에 새겨서 다 커버린 아이로 남을 것을, 그 길만이 이 사회에서 연민과 보호의 대상이 되는 법이자 남성세계의 철저한 순응자로 사랑받을 수 있는 법임을 강요해 왔다. 이를 통해 비폭력과 공존, 조화, 평화, 인내를 여성적 본질로 각인시켜 옴으로써, 반격과 저항의 몸이 어떠한 다른 몸의 구성법이자 여성 서사의 개화점인지조차 은폐해 온 것이다. 「정희의 시간」에서 정희는 신적 폭력이라는 혁명적 폭력의 구사자가 됨으로써 분노하는 자의 여성 서사를 터트렸다면, 「꿈이었다고 생각하기엔」에서 남자는 어떻게 폭력을 활용하는 자인가?

남자는 이름이 없다. 단지 '남자'로만 등장한다. 그 자리와 역할의 질서에 편입된 이는 사십 평 아파트의 소유자이자 카센터 사장이 되는 게 유일한 꿈인 소시민이다. 성실한 나라의 주인공인 남자는 카센터의 노동자로서 이 꿈을 향해 하루하루 내달리지만 자신이 다니던 카센터가 하루아침에 망해버려 가난의 사슬에 다시 결박당해버린다. 이로 인해, 아내도 전세금을 몽땅 털어서 야반도주하고 아들 마저 보호소에 맡겨야하는 빈털터리 신세로 시어터제로 소극장의 관객석에 앉게 된다.

여기서 흥미로운 것은 「정희의 시간」에서 정희가 야반도주하는 자였다면, 「꿈이었다고 생각하기엔」에서도 여자는 야반도주자이다. 왜 여자는 야반도주자일 수밖에 없는가? 여자가 감히 자신의 마을 공동체와 가족으로부터 이탈한다는 것 자체가 가장 불온한 일이자 가장 용인되지 않는 일임을 이러한 탈주의 방식이 잘 보여주는 것이다. 밤 시간대에 도망이라는 형태가 아니고는 대낮이라는 세상은 여성의 자리 이탈을 즉각적 제재와 처벌의 대상으로 인식하기 때문이다. 여성의 이탈 자체가 남편에 의해, 아버지에 의해, 이웃에 의해, 법에 의해 제재 당해야할 반체제적 행위이자 반도덕적 사태로 여겨지기 때문이다.

이처럼 남성세계가 용인하지 않는 여자들은 인내라는 견뎌냄의 미덕 대신, 탈주하는 자, 제자리에서 박차고 나오는 자가 되어 부도덕과 낙인의 대상이 된다. 남성의 야반도주는 새로운 세계, 더 넓은 세계를 향한 모험이자 도전으로 미화되지만 여성의 야반도주는 남편 또는 아버지의 통제반경에서 벗어남으로써 순결성과 정조가 박탈당할 위험에 스스로 뛰어든 어리석고도 위험천만한 일로 폄하당하는 것이다.

　남자는 연극 소극장에서 술이 거나하게 취해 꿈과 현실의 경계를 오가며 연극 무대에 난입하기도 하고 자신이 극의 주인공이 되기도 한다. 자신이 무대의 주인공이 되는 꿈의 극장에서 두 가지 꿈의 목록을 실현하기도 한다. 첫 번째, 카센터 주인이 되어 피고용자들에게 월급을 나눠주는 자가 되는 장면에선 자신이 임노동자였을 때에 사장으로부터 굴욕을 당했던 치욕의 기억을 다시 자신이 고용한 이들에게 대물림하지 않고자 하는 정의의 실현의지가 비장하게 깃들어 있다. 카센터 주인이 고용한 임노동자들은 대부분 남성들일 것이며 이러한 남성들 사이에서 어떻게 남성연대가 발생하며 또 그 안에서 서열이 어떻게 촘촘히 만들어 지어지는가를 잘 아는 자인 남자는 정의롭길 자처한다.

　그러나 그 정의롭기 그지없는 남자의 두 번째 꿈의 목록은 무엇이었는가? 그것은 야반도주한 아내를 살해하는 것이었다. 남자들의 세계에서 그토록 착취의 구조를 되풀이하길 거부하던 자가 갑자기 왜 아내살해가 꿈이 되었을까? 남자는 아내의 눈빛에서 자신을 무시하던 사장의 눈빛을 겹쳐 읽었고 그녀의 탈주로 인해 가족극장이 무너진 것에 대한 처벌행위를 실행하고자 한 것이다. 자신에게 굴욕과 비참의 감정을 주입하던 사장에게는 단 한 번도 저항하거나 분노해본 적 없던 남자이지만, 자신을 감히 무시하는 여자는 죽음으로 처단해버림으로써 남성세계에 잔류하고자 하는 것이다. 아무리 남성연대의 서열에서 밑바닥에 있을지라도 남자는 여자를 착취하고 성폭행하고 죽임으로써 남자라는 포식자 그룹에 속할 수 있기 때문이다. 이 여성 살해의 꿈은 한파에 내몰린 성냥갑 남자의 마지막 달콤한 꿈이었다. 가난에 내몰려 동사에 죽어가며 성냥갑 한통을 다 비워내어 성취해낸 꿈의 목록, 여기에 바로 여성 살해의 핏빛 판타지가 있다.

이로써 그는 남자가 되었다.

세계의 비린내를 풍기는 자, 세계의 부조리를 삼켜내며 여성착취의 현실을 꿈꾸는 자, 남자!

남성세계의 늪, 가족의 늪

그렇다면 이러한 남자와 여자는 어떻게 만들어지는가? 「노래방 여자」는 이에 대한 답을 제시한다. 이 사회에서 남자와 여자라는 위계적인 성적 차이가 지속적으로 재생산되는 방식은 크게 두 가지이다. 첫 번째, 성판매자와 성구매자라는 이분 구도 속에서 여성은 자신의 신체를 교환자원으로 내어놓는 자라면 남성은 이를 구매하고 포식하는 자로 산출된다. 노래방 여자인 미옥 역시 이십 대 대학생 때부터 오십 대에 이른 나이까지 성 판매와 노래방 도우미 역할을 하며 생계를 이어나간다. 이 사회가 여성들에게 부과한 억압의 조건이 곧 특화된 경제자원으로 작동하는 남성세계 속 미옥은 가랑잎처럼 흔들리며 살아간다. 왜냐하면 이 사회에서 남자는 자신의 경제력에 상관없이 여자를 살 수 있는 자로서 남성연대의 은밀한 쾌락의 공유자가 되기 때문이다. 사회적 계층성이 매우 높은 남자는 텐프로에 가서, 이 사회의 밑바닥에 있는 이는 키스방, 노래방에라도 가서 여자들을 끊임없이 사는 것이다. 그들은 성적 서비스를 재화와 교환하고 있다고 여기기보다 그 여성의 인격권, 신체의 모든 권리를 한꺼번에 살 수 있다고 여기는 바로 그 권력의 감각으로부터 성구매자가 되기 때문이다. 이러한 남성세계에서 미옥의 몸의 역사는 이십 대의 콜걸과 오십 대의 노래방 도우미, 그리고 육십 대 이후에는 박카스 할머니라는 생애주기로 마무리될 가능성에 열려 있다.

    이 사회에서 남자와 여자라는 위계적 성차가 재생산되는 두 번째 조건은 바로 가족제도에 의한 성별 노동분업의 양식이다. 가족제도에서 여성은 가족들에게 위안과 안식의 환경을 제공하고 돌봄노동과 감정노동을 담당하는 자로 여겨진다면 남성 및 아이, 노인은 이러한 여성의 노동에 기대어 보살핌 받는 자로 위치지어진다. 이러한 가족 내 성별 노동분업에 의해, 미옥은 치매에 걸린 엄마의 수발에 방해가 되지 않도록 밤에는 노래방 도우미로 임노동을 하고 낮에는 돌봄 노동과 감정노동을 전담해낸다. 왜냐하면 그것이 딸의 삶이기 때문이다.

남자들이 미옥의 몸을 욕정과 권력욕을 쏟아내는 배출구로 쓸 동안, 미옥은 원치 않은 아기를 화장실 휴지통에 유기한다. 화장실 휴지통에 꼭 알맞은 작은 몸의 갓난아기 위에 겹겹의 화장지를 쌓아올린 그녀에게 그 아기의 존재란 무엇일까? 미옥에게 아기란 남성들의 배설물이 연장된 것으로 여겨졌을 것이다. 이십 대의 어린 성판매자에게는 피임을 요구할 권리조차, 자신의 몸에 대한 그 어떤 권리조차 주장할 수 없기에 남자들이 미옥의 몸 안에 쏟아낸 정액 덩어리가 자신에게서 단지 빠져나왔다고 여길 만큼 미옥은 자신의 임신으로부터도 철저히 소외되어 있었다. 왜냐하면 미옥의 몸은 단한 번도 자신의 몸이었던 적이 없도록 모든 욕망과 모든 숨결의 리듬들이 남자들에 의해 조정되어왔기 때문이다. 성판매의 순간은 여성이 자신의 몸을 철저히 타자화하여 남성들이 자신을 짓이기고 굴욕을 주는 감각조차 내 것이 아니도록 여기게 하는 분리의 훈련을 요한다. 이렇게 자신의 몸과 자신을 분리시키는 것이 삶의 태도가 되어버린 미옥에게 임신은 자신의 몸에서 일어난 자기의 일이 아닌 남자들의 일이었고 단지 내 것 아닌 남자들의 것을 배출해버린 것이었다.

자신의 삶 전체가 남성들의 욕망 쓰레기통이었다면, 이제 자신이 감히 버리는 자, 쏟아내는 자가 된 순간 그녀는 스스로도 용서하지 못하는 자가 되고 만다. 남성이 여성을 쓰레기통처럼 쓸 때에는 그 누구도 손가락질하지 않으며 이를 사회생활하는 남성을 위한 유흥이자 호기 넘치는 남성성의 과시 정도로 여기지만, 여성이 감히 세계에 무언가를 쏟아내어 버리고자 할 때에 세계는 그녀를 광기의 문 근처로 배웅해준다. 그리하여 미옥은 이십 대에 자신이 유기한 아기에 대한 죄책감으로 인해, 오십 대에 이르러 쓰레기통 안의 인형 하나를 들쳐 안고 와서 금지옥엽으로 키우기 시작한다. 자신이 남성들에게 욕정의 쓰레기통이었고 엄마에게 감정의 쓰레기통이었기에, 이제 그녀는 쓰레기통 인형에게서 자신이 버린 아기를 보고 만 것이다. 남성세계의 늪에, 가족의 늪에 빠진 그녀는 쓰레기통 인형 아기에게 오늘도 자장가를 불러주고 있다.

"가랑잎 때굴때굴 어디로 굴러 가."

미옥의 목덜미에,

온 몸에,

온 존재에,

들러붙어 버렸네.

이것이 이 세계가 여성을 삼켜내는 방식이다.

가족이라는 반칙의 세계

「반칙왕」에서 석영의 아버지는 프로레슬러로 링 위에서 반칙왕 역할을 통해 생계부양의 의무를 이행해온 남자였다. 링 위에서 각본에 따라 성실하게 패배하는 아버지에게 가장 큰 연민의 감정을 투여하는 이도 딸 석영이다. 그렇다면 이 사회에서 연민의 대상, 감정적 동일시의 대상은 왜 항시 남성형인가? 왜냐하면 이 세계 전체가 남성의 활보로이며 이곳의 주인인 남성만이 감정적 동일시의 대상이자 모든 이해를 받아 마땅한 자로 개편되어 있기 때문이다. 석영이 유독 측은해 마지않고 존경하던 남자는 노인이 되어 링을 은퇴한 뒤에도 달리는 버스 위 반칙을 수시로 펼치고 만다. 버스에서 일부러 넘어지는 연기를 하여 타낸 배상금을 아들로 인해 기울어지는 가세에 보태고자 하기에 이러한 수단과 방법을 가리지 않은 반칙에도 정당화의 구석이 있게 마련이다. 매번 이러한 변명의 역할을 하는 것도 딸 석영의 몫이다. 하지만 석영은 모르고 있다. 자신이 가족이라는 세계에서 끝없이 반칙당하며 사는 자, 바로 그것이 딸이라는 자리란 걸.

모든 경제적 자원과 심리적 자원을 지원받은 오빠는 어린 시절의 공공연한 차별에서 수혜를 누리는 자였을 뿐만 아니라, 커서는 아버지의 유일한 자산인 집마저 은행담보로 맡겨 노인빈곤의 차디찬 바닥으로 부모를 내동댕이친 이다. 그러나 이로 인해 맘 고생하는 부모님이 내뱉는 감정의 쓰레기통은 오빠가 아닌 석영의 몫이다. 심지어 오빠로 인해 안게 된 빚을 청산하고자 딸에게서 돈을 독촉하고, 오빠로 인해 받는 여러 심리적 곤궁을 딸에게 하소연하며 풀어내려하는 이들이 바로 가족의 얼굴이란 걸 석영은 알 듯 말 듯 갸우뚱댄다. 가족극장 속 딸은 스스로의 심리적 결핍감을 돌볼 새도 없이 다른 가족 구성원들에게 여기 저기 뜯어 먹히고 있음에도 불구하고, 이조차도 인식하지 못하도록 자신의 욕망을 들여다 보지 못하게 길들여져 왔기 때문이다. 요즘 '딸 바보'라는 유행어 역시 딸에게서 심리적 이완과 연인 같은 다정함, 노후에 대한 돌봄의 의무를 부과하고 있음이 여실히 드러날 뿐이다.

이러한 가족이라는 세계야말로 거대한 반칙의 세계라는 부조리의 낌새를 보게 된 석영은 매끈한 가족 행복서사로 포장된 표면을 걷어내고자 자신의 앞마당부터 뒤집어엎기 시작한다. 탕탕탕. 가족이라는 그 안온한 세계가 거대한 반칙의 세계란 걸 깨달아가는 그 전복의 손짓은 그만, 아버지에 대한 연민의 감정 앞에 멈춰져버린다. 그리하여 석영은 다시 가족이라는 반칙의 링 위로 데굴데굴 굴러가 버린다. 가족이라는 반칙의 세계에 다시 오신 걸 환영한다! 과연 여기에는 출구가 있는가? 이로부터의 출구를 만들어내려면 여성은 남성에 대한 동일시와 연민의 감정부터 거둬들여야 할 것이며 석영이 멈춰 섰던 그 곳에서 한 발짝 더 나가야 한다. 왜냐하면 특정한 감정구조가 여성종속의 구조와 궤를 같이 하는 것이기 때문이다. 여성들은 새로운 감정구조의 발명을 통해서만 가족이라는 반칙의 세계에 경고의 휨을 날리며 그 세계를 무너뜨릴 수 있을 것이다.

　「아내의 방」에서 남편과 아내는 서로에게 반칙을 저지르는 자이다. 남편은 아내에게 불임 탓을 하지 않고 아이를 간절히 원하지 않는 쿨한 남자인 척 연기하며 아내의 부담감과 의무감마저 대신 덜어주는 자로 자처하지만 아내의 눈에 그는 위선자이자 애착의 대상을 다른 생물체에게 전이시켜나가는 반칙의 왕일뿐이다. 남편은 온갖 선의와 정성을 입양아에 서 강아지, 열대어에게로 옮겨가며 사랑과 애착구도를 성실 히 구축해나가지만 정작 아내가 그에게 가장 큰 애착을 요구 하는 자임을 전혀 알지 못한다. 아내는 남편이 사랑해마지않 는 그 애착물들에게 온갖 악의를 투사한다. 왜냐하면 이들은 자신과 마찬가지로 남편에 대한 사랑을 갈구하는 위치라는 점에서 경쟁 상대이기 때문이다. 아내는 남편이 사랑하는 그 대상물을 하나씩 제거해가는 방식으로 남편이 자신을 사랑하 지 않는 반칙을 벌한다.

다시 말해,「아내의 방」에서 아내는「노래방 여자」의 미옥 과 마찬가지로 남자의 것들을 폐기하고자 하는 이다. 이 사회 는 여성에게 생명을 낳고 기르고 북돋는 자가 될 자리는 주었 을지언정 감히 생명을 죽이고 폐기하는 몫은 준 적이 없다. 왜냐하면 이 세계의 생명이 귀속되는 최종적 힘의 자리는 남 자의 것이고, 이를 중지시킬 권리는 여성에게서 회수된 것이 기 때문이다.

뒤늦게야 남자는 아내가 자신의 애착물들에게 죽음을 선 고하는 자였음을, 죽음의 일방적 집행자라는 금기의 영역에 서 어마어마한 반칙을 행하고 있었음을 깨닫는다. 그리하여 그 남자가 마당을 파헤친다. 탕탕탕. 이 바닥을 뒤엎는 행위는「반칙왕」의 석영과는 사뭇 그 의미가 다르다. 이는 반칙을 감히 저지른 여자를 벌하기 위한 전조이기에 이러한 마당 헤집기는 가족이라는 세계를 더욱 안전하게 할 것이기 때문이다. 그의 아내는 남자의 것을 죽이는 자로서「노래방 여자」에서 미옥과 마찬가지로 광기의 문에 이미 도달한 듯 보인다. 왜냐하면 가족극장에서 남자가 여자를 벌하는 건, 이성의 세계에서 반칙을 저지른 여자를 추방시켜버리는 건 남성세계를 지탱하는 이 무대의 전제조건 자체이기 때문이다.

탕탕탕. 이로써 가족극장의 무대가 더욱 견고해졌도다.

거짓말의 성에서 안녕하십니까?

자신의 경제적 무능력을 가정폭력을 통해 상쇄하려는 아빠는 묘화라는 기묘한 여자아이를 만들어낸다. 애정결핍과 가정폭력, 가난의 삼중주가 묘화라는 권모술수와 눈치 백단, 화려한 화술, 뛰어난 사교술로 점철된 여아를 만들어낸 것이다. 여태껏 이 세계는 약자를 이상화해 왔다. 여리고 아무 것도 모르고 순수하고 처량한 모습으로 가두어두고서 착취구도 속 강자에 의한 선의와 구원만이 답임을 각인시키는 전술이 약자에 대한 이상화인 것이다. 그러나 묘화는 약함과 착함을 등치시켜온 세계를 조롱하는 이다. 얼마나 이 잔혹한 세계가 약자를 뒤틀리게 만드는지, 누구보다 강자의 규칙을 답습하게 하여 일그러진 욕망의 소용돌이가 되게 하는가를 폭로하고 마는 것이다.

이생에서 착취당하는 자가 더 이상 되지 않으려면 착취하는 자로 위치 이동을 하는 것 외에는 그 어떠한 선택지도 없다는 걸 너무 빨리 알아버린 묘화는 착취자가 되기 위한 그 모든 조건들을 어린 시절부터 섭렵해내기 시작한다. 그리하여 자기에 대한 방어막과 타인에 대한 덫 놓기의 재능이 최대치가 된 묘화는 어수룩한 주인공을 곤경에 몰아넣는 자이자 유일하게 손 내미는 자이기도 하다. 「묘화는 행복할까」에서 화자인 나는 묘화의 압도적 영악함에 매번 걸려 넘어짐과 동시에 마지막까지 묘화의 행복에 대해 걱정해주는 선한 자로 남는다. 선한 자의 그 여유마저 경제적 여유를 가진 부유한 이의 몫이자 덕이기에.

「괜찮아」에서 소영 역시 거짓말의 성에 갇혀 있다. 전혀 괜찮지 않음에도 "괜찮아"라며 화답을 하는 그녀는 자기 자신에게도 다른 이들에게도 거짓말을 하고 있기 때문이다. 자신이 여러모로 어려운 상태에 있음을 발설한다는 것은 다른 사람으로부터, 특히 남성들로부터 포식대상 일순위가 된다는 것을 의미하기에, 여성들은 괜찮지 않음조차 편히 발화할 권리가 없다. 여자의 빈틈은 게걸스런 남자들의 먹잇감이 될 신호로 읽히기 때문이다. 소영은 심리적 허기와 아이들에 대한 자책감에 의해 흔들리고 있는 자이다.

전남편과 도벽을 가진 첫째 아들 승우, 발달 장애를 가진 둘째 아들 현우라는 세 남자는 소영의 의식과 무의식을 물어뜯으며 끊임없이 출몰함으로써 그녀를 괴롭히는 자들이다. 여자 소영에게는 공적 영역도 사적 영역도 그 어느 곳도 안전한 공간이 없는 것이다. 끊임없이 세 남자들로 둘러싸인 이 세계에서 소영은 먹히고 무릎 꿇음으로써 자책감과 공포감을 아로새기고 있다.

『여자라서 행복하다는 거짓말』에서 소영의 서사는 가장 처참하다. 「정희의 시간」에서 정희는 분노하여 신적 폭력을 구사하는 자였다면, 「노래방 여자」의 미옥과 「아내의 방」의 여자는 남자의 것을 죽임으로써 광기를 본 자들이다. 그리고 「묘화는 행복할까」의 묘화가 속이는 자이자 남성세계의 권력을 엿보는 자라면 「반칙왕」의 석영은 연민하는 자이자 아버지의 집을 보수하는 자이다. 이러한 관점에서, 「괜찮아」의 소영은 스스로를 서서히 죽여가는 자라는 점에서 남성세계의 처벌을 스스로 집행하는 자가 된다. 소영은 묘화처럼 남성세계에 입성하기 위한 권력욕마저 제대로 갖추지 못해 오히려 덫에 걸린 자가 될 뿐이며, 석영처럼 아버지의 집을 보수하는 데 그치는 것이 아니라, 아버지의 집의 거름이 되고 있는 것이다.

자신의 괜찮지 않음을 당당히 외쳐도 안전이 위협받지 않으며 오히려 여러 사회적 보장과 혜택을 누리는 그날을 위해서라도 그녀는 세 남자들을 다시 의식적, 무의식적 영역에서 소환해내기보다 그녀의 삶에 다른 여성들의 서사를 더 초대해야 할 것이다. 그녀의 고독은 여성들의 더 많은 이야기들을 공명하기 위한 터라는 걸, 남성세계에서 박차고 나가는 새로운 세계의 열림을 위한 날갯짓이란 걸 그녀는 알아야만 한다.

우리는 너무나 많은 여성들의 죽음을 보았다. 그것이 사회적 죽음이든, 생물학적 죽음이든. 우리는 더 이상 단 한 명의 여성도 잃을 수 없다. 세계는 바로 이러한 다른 결의로부터 시작될 것이다.

다시 말해, 『여자라서 행복하다는 거짓말』은 가족극장 속 여자와 남자가 엄마와 아버지, 자식이라는 위계적 역할 속에서 어떻게 무너져 내리는가를 치밀하게 추적해 낸다. 가족 판타지를 망치질하는 『여자라서 행복하다는 거짓말』은 우리에게 손쉬운 해피엔딩 대신 무거운 질문다발을 안기며 이 사회의 근간을 다시 직조해내길 요청하고 있다.

    신중선 작가가 이번 소설에서 가족극장의 부조리성을 최대치로 폭로해주었다면 다음 작품에서는 이로부터 한 발 더 나아간 혁명적 여성 서사를 기획해주길 간절히 기대한다.

    이런 의미에서, 『여자라서 행복하다는 거짓말』은 페미니즘의 진동을 낮게 실어 나르고 있다.

    들리는가? 이 들썩임이.

    여자의 외침을 들을 차례다.

■ 작가의 말 ■
시간과 기억의 조각들

어려서부터 종이에 무언가 끼적이는 걸 좋아했다. 동시를 먼저 썼다. 여러 권으로 구성된 동시집 세트를 읽고 나서 한 번 써보고 싶다는 호기심에서 시작된 일이었다. 그것을 동시라고 해도 될지는 모르겠지만 빨래줄, 우리 아기, 고무줄놀이 같은 평이했던 제목이 기억난다.

　비교적 얇은 백색 모조지 밑에 책받침을 대고 연필로 눌러 쓰곤 했는데, 종이는 아버지 직장의 비품이었다. 아랫부분에 직장명이 인쇄되어 있었던 그 용지는 동시를 쓰고도 여백이 있었다. 빈 공간이 아까웠던 나는 대부분 그림도 함께 그렸다. 종이가 다 떨어질 때쯤이면 어김없이 또 생겼기 때문에 파지 걱정 없이 뭐든 실컷 쓸 수 있었다. 우리 육 남매 가운데서 그 용지를 학수고대 기다렸던 건 셋째였던 나밖에 없었던 것 같은데, 기억의 오류일 수도 있으니 자신하지는 못하겠다.

　동시를 쓴 용지가 여기저기 굴러다니니까 아버지가 윗부분에 구멍을 두 개 뚫어 까만 철끈으로 묶어줬다. 아버지는 내게, 잘 보관하고 있으면 기회를 봐서 출판해주겠다고 했다. 아버지가 쉽게 출판을 떠올릴 수 있었던 건 그쪽 세계가 낯설지 않아서 생겨난 발상일 텐데, 당시 아버지 직장에서는 정책홍보 차원에서 간단한 책자를 만들어 시중에 배포하고 있었다. 하지만 동시집 출판은 흐지부지 없던 일이 되고 말았다.

　나는 동시 묶음을 오래도록 간직하고 있었다. 중학교 삼학년 정도쯤 되었을 때 다시 꺼내 읽게 되었는데 유치해서 못 봐줄 지경이라 자못 충격적이었다. 이게 뭐라고 여태 가지고 있었나 싶은 마음이 들었고 남이 볼까봐 부끄러웠다. 초등학교 저학년 시절 쓴 것이니 당연한 일일 테지만 그렇다고 버릴 것까지야 없었는데 왜 그랬을까. 이날 어린 시절 열심히 썼던 동시는 세상에서 사라졌다.

　그 시절, 동시 외에 열중했던 것이 하나 더 있다. 만화책을 만드는 일이었다. A4 크기의 백지를 사서 플라스틱 자로 일삼아 반듯하게 칸을 만든 다음 그림을 채워 넣었다. 대사는 말풍선을 만들어 그 안에다 썼다. 서툰 솜씨다 보니 그림이 차지하는 공간이 자못 커서 기껏 그려야 한 면 당 두세 커트 정도였다. 종이 소모가 극심했다. 군것질하기만도 빠듯했던 용돈으로 만화용지까지 사려니까 갈등이 있었다. 공책을 만화책으로 전용하고 싶었지만 가로줄이 쳐있어서 적당치 않았다. 종이를 아껴야 하니 되도록 표현을 자제해야 했다. 자연히 내 만화는 상상력을 많이 요하게 되었다. 한 편, 두 편 이렇게 연재 비슷하게 엮어나갔는데, 완성하고 나면 동생들을 모아놓고 목소리를 바꿔가며 가 캐릭터별로 실감나게 연기하면서 읽어줬다. 반드시 내가 직접 읽어야 했던 이유는 생략한 부분을 따로 설명해주지 않으면 앞뒤 맥락이 잘 이어지지 않았기 때문이다. 내 만화가 재미있다고 생각되었던지 동생들이 하나둘 친구까지 데려오는 통에 우리집은 한때 아이들이 와글대는 소리로 가득 찼었다. 당시 내가 만들어낸 이야기는 모두 애잔하고 슬펐다. 아이들은 내 이야기를 들으면서 간혹 눈물을 글썽이기도 했다. 나는 어째서 그렇게 슬픈 이야기만 지어냈을까. 이 또한 묶음으로 가지고 있었는데 어느 사이엔가 모두 사라져버리고 말았다.

 그것의 가치유무를 떠나 이처럼 뭔가를 쓰기 시작한 데에는 그즈음 읽었던 책들이 영향을 끼쳤을 거라는 게 내 생각이다. 중고등학교 시절에 제법 책을 읽긴 한 것 같은데 아무래도 초등학생 때의 독서량을 넘어설 것 같지는 않다.

내가 어려서 읽었던 책들은 죄다 아버지가 사온 것들이다. 지금 돌이켜보자니 이상한 면이 없잖아 있는데, 그 이유는 대부분 아이들의 책은 엄마들이 알아서 구입하는 것이 관례처럼 되어 있기 때문이다. 우리집은 어째서 엄마 아닌 아버지가 책을 사오게 되었을까.

아버지는 책을 많이 사왔다. 퇴근길에 직접 들고 오기도 하고 더러는 집으로 배달되어 올 때도 있었다. 거의 다 전집류이거나 시리즈물이었다. 아버지는 왜 그렇게 많은 책을 구매하게 되었으며 그리고 어찌하여 낱권은 사지 않았을까.

아버지는 원래 시골 면장이었다. 적당히 대우도 받으면서 큰 욕심 없이 살자고 들면 당시 촌에서는 그런대로 괜찮은 직업이었다. 그러나 큰 자식 둘이 각각 초등학생과 중학생이 될 정도로 성장하자 교육환경에 대해 고민하기 시작했고 결국 고향을 떠나기로 결심했다. 전답 다 팔고 정착한 낯선 타향에서 얼마간의 고생이야 없지 않았을 테지만 아버지는 취업에 성공했다. 백 그라운드 덕이기 십상이지만 아버지는 이번에도 공무원이 되었으며 운 좋게 한 직장에서 무리 없이 승진도 거듭하면서 정년을 채우게 된다.

안정된 직장이긴 해도 여덟 명 가족이 입고 먹고 살아가

자면 돈을 아껴야 했다. 그럼에도 크게 개의치 않고 아버지는 걸핏하면 책을 사왔다. 지금은 고인이 된 아버지에게 미안한 말이지만 그렇다고 내 아버지가 밥 보다 책을 더 우선시할 정도로 마음의 양식에 큰 가치를 부여하던 인물이었냐 하면 그건 또 아니다. 내 아버지도 다른 사람들과 마찬가지로 지극히 평범하고 적당히 세속적인 보통사람이었다는 얘기다. 그러므로 아버지가 책을 자주 사가지고 온 것에는 그럴 만한 이유가 있어야 설명이 된다. 내 결론은 이러하다. 도지히 구매하지 않을 수 없는 어떤 이의 부탁 때문이 아니었을까 하는. 아버지가 서울로 떠난 후 고향마을에 소문이 퍼졌을 것이다. 면장 했던 신아무개가 서울 가더니 중앙부처의 공무원도 되고 출세했다더라, 이런 식으로. 그러자 아버지처럼 상경해서 자리 잡고 싶어 하는 시골의 지인들이 빈번하게 아버지를 찾았을 터인데, 인정 많던 아버지는 그들 가운데 누구에게는 밥을 사고 누군가에게는 기차요금을 보탰을 것이며 또 책을 팔아 생활하는 사람한테는 책값으로 도움을 줬을 것이다.

월부 책장사라는 직업이 제법 성행하던 시기가 있었다. 그들은 주로 전집류를 취급했다. 책은 무거워서 많이 들고 다닐 수 없으니 전단지를 소비자에게 보인 후 할부 판매를 했다. 월부 책장사들은 학교며 직장이며 심지어는 가정집도 가

가호호 방문해가면서 책을 팔았다. 일단 월부로 들여놓게 하고는 다달이 구매자가 원하는 날짜에 찾아와서 돈을 받아갔다. 물론 떼이는 일도 비일비재했을 것인데, 그런 저런 위험 모두 감안하여 책 가격이 매겨지지 않았을까. 신용카드 결제 시스템이란 게 없던 시절이었다.

오십 권짜리 세계명작동화전집이나 안데르센동화집 열 권 한 세트, 스무 권짜리 한국전래동화집, 열두 권으로 구성된 소년소녀한국문학전집이나 서른여덟 권짜리 소년소녀세계문학전집 같은 것들이 우리 집 책장을 점령하기 시작했다. 엄마의 타박이 없지 않았을 것이다. 엄마 보기에 책값이란 반드시 지출해야 할 품목이 아니었을 테니까. 십분 이해한다. 아무튼, 어쨌든 사주지 않으면 마음이 불편했을 아버지의 시골 지인 책장사 덕에 나는 원 없이 책을 읽으면서 성장할 수 있었다. 나는 그 사람을 고마워해야 마땅하다. 그게 아닌가? 책을 사다 준 아버지에게 감사드려야 맞는 것인가.

그때를 회상하자니 문득 떠오르는 일이 하나 더 있다. 설인지 추석인지를 하루 앞둔 날의 어둑어둑한 즈음에 일어난 일이다. 저녁식사를 마친 나와 동생들은 나란히 누워서 동요「따오기」를 듣고 있었다. 도넛판이라 불리던 칠인치 레코드판에서 흘러나오는 노래였다. 도넛판은 십이인치짜리 일반

레코드판에 비해 크기가 작은데다 도넛과 비슷하게 생겼다고 해서 붙여진 이름이다. 우리 집에 있던 도넛판은 통상의 검은색이 아니라 빨강 노랑 파랑 녹색 등 아름다운 색을 띠고 있었다.

「따오기」는 알다시피 내용이 슬프다. 노래를 듣고 있으려니 갑자기 나의 이야기 부심이 발동했다. 노래가사를 기본골격으로 하여 스토리를 만들어가기 시작했다. 어쩌면 그리도 술술 풀려나오던지 나야 몹시 신났지만 동생들은 달랐다. 그 아이들은 처음에는 코를 훌쩍이는 정도로만 슬퍼하다가 내용이 진전됨에 따라 거의 통곡에 가깝게 흐느끼기 시작했다. 당황하여 달래려고 했지만 뜻대로 되지 않았다. 이불을 머리끝까지 뒤집어 씌웠는데도 셋이 한꺼번에 울어대니 무슨 수로 새나가는 소리를 막을 수 있었겠는가. 아니나 다를까 명절음식 준비에 여념 없던 엄마가 깜짝 놀라 달려왔다. 명절 앞두고 무슨 청승이냐며 호된 꾸지람을 감수해야 했다.

그러고 보니 그 도넛판도 월부 책장사의 손에서 넘어왔을 것 같다. 총 여덟장인가 열장인가 되던 도넛판은 네 권 혹은 다섯 권으로 구성된 책자의 앞뒤에 주머니처럼 만들어진 공간에 각각 한 장씩 들어있었다. 책자를 펼치면 화려한 색감의 일러스트가 양면 가득 그려져 있었으며 그중 한 면에는 악보가, 다른 한 면에는 동요에 대한 짤막한 설명이 있었다. 하드보드지여서 한 매 한 매가 상당히 두꺼웠다. 출판사 상품이 아니었다면, 단순히 판을 팔기 위해 곁들여 제작한 음반회사의 상품이었다면 책자를 그처럼 정성스럽게 만들 필요가 없었을 것이다. 이와 같은 이유로 나는 도넛판 세트는 음반회사가 아니라 출판사 측에서 제작했을 거라 유추한다. 나의 짐작이 맞는다면 그것 또한 그 사람 월부 책장사로부터 구입했을 것이다. 도넛판 세트에는 당시 유명 동요들이 망라되어 있었다. 옥구슬이 굴러가는 것 같은 미성의 소년소녀들이 부르는 노래를 듣다 보면 온갖 상상력이 내 안에서 용트림을 해댔다. 그렇긴 해도 내가 훗날 책을 내는 사람이 되어 있을 줄은 몰랐다.

아버지의 월부 책 구입은 내가 중학교에 들어가면서 마침표를 찍게 된다. 나는 또 마음속으로 그려본다. 책장사를 하던 아버지 지인이 이 무렵 직종을 바꾼 것은 아닐까? 그래서 더 이상 책을 구입하지 않아도 되는 상황이 발생한 것이 아닐까? 아버지가 생존해 있다면 한 번 물어보고 싶다. 그런가요?

『여자라서 행복하다는 거짓말』을 내면서 나는 왜 아버지가 떠올랐을까. 이번 소설 출간 기회가 없었다면 결코 내 아버지가 사 나르던 책들에 대해 회상할 시간을 가질 수 없었을 것이고 아버지의 지인이었을 월부 책장사에 대해서도 미처 생각이 미치지 못했을 것이다. 그런데 실은 이 모든 것은 내가 만들어낸 소설일 수 있다. 지금도 시간과 기억의 조각들이 기다렸다는 듯이 앞서거니 뒤서거니 튀어나오려고 한다.

'작가의 말'이 나의 과거시절 일부를 회상하는 내용으로 채워지고 말았지만 사실 저자가 자신의 소설에 대해 설명할 필요는 없지 않을까. 독자들이 각자의 몫만큼만 읽어내면 되리라.

2018년 7월에

신중선

작가 **신중선**

경남 거창에서 태어나 서울에서 성장했다. 숙명여고와 이화여대를 졸업하고 중앙대 신문방송대학원 신문방송학과에서 출판잡지를 전공했다.
1987년 「떠다니는 꿈」으로 〈현대문학〉 추천을 받으면서 작품활동을 시작했다. 1993년 「어느 보일러공의 특별한 하루」로 자유문학 신인상을 받았다.
장편소설 『하드록 카페』 『비밀의 화원』 『돈워리 마미』 『네가 누구인지 말해』가 있고, 소설집 『환영 혹은 몬스터』 『누나는 봄이면 이사를 간다』가 있다.

해설 **윤김지영**

프랑스 파리 4대학에서 철학 학사와 석사, 파리 1대학에서 철학 박사를 취득했다. 페미니스트 철학자로서 데리다, 푸코, 들뢰즈를 비롯한 프랑스 현대 철학 사상과 포스트휴머니즘, 정신분석학 등을 넘나들며 여성 철학의 계보학을 열어가고 있다.
박사학위 최우수 취득 후 박사 논문 「La déconstruction du phallogocentrisme(남근이성중심주의의 해체, Paris, ANRT, 2013)」를 저서로 발간했다. 「전복적 반사경으로서의 메갈리안 논쟁」 「비혼선언의 미래적 용법」 등 논문 28편이 있으며 저서로는 『지워지지 않는 페미니즘』이 있다.

편집후기

문학을 공부한 편집자로서 문학의 존재 이유와 지금 이 시대에 문학이 던지는 질문에 귀 기울입니다.
문학브랜드 '내일의문학'을 론칭하는 동안 신중선 작가님께 조심스럽게 원고를 부탁드렸고, 올해 초에 작가님께서는 일곱 편의 단편이 수록된 원고를 보내주셨습니다.
친밀한 불행, 정희, 여자 정희, 정희의 시간, 여자라서 행복하다는 거짓말… 고심 끝에 신중선 소설 제목을 '여자라서 행복하다는 거짓말'로 정했습니다. 일곱 편의 소설은 아동성폭력, 여성의 존재성, 친밀한 관계가 만들어내는 불행과 그 불행을 대하는 우리사회의 침묵과 거짓을 치밀하게 추적합니다.
소설을 검토하고 편집하는 과정 중에 우리 사회에 미투운동이 일어났고 지금도 진행 중이며 페미니즘, 여성정책, 양성평등 등 사회적 관심이 더욱 높아졌습니다. 신중선 작가님의 소설이 보여주듯이 여성문제는 이제는 풀어야 할 시대적 과제이고 또 어쩌면 영원한 숙제일지도 모릅니다. 편집자로서 소설 속 인물들과 함께 아파하고 안타까워하고 분노했던 과정이었습니다.
페미니스트 철학자로 연구 중이신 윤김지영 건국대학교 몸문화연구소 교수님께서 작품 해설을 써주셨습니다. 소설 속의 인물들은 출판하는 과정 내내 편집자의 마음에 각인이 되어 떠나지 못하고 있습니다. 일곱 편의 소설들은 우리 시대의 문제작이면서 시대에 던지는 빅퀘스천입니다.

- 책임편집자 정윤희

여자라서 행복하다는 거짓말

1판 1쇄 발행 | 2018년 8월 17일
1판 2쇄 발행 | 2019년 7월 10일

지은이 | 신중선
작품해설 | 윤김지영
발행인 | 정윤희
편집 | 윤재연
본문디자인 | 김미영
표지디자인 | ALL designgroup
발 행 처 | 내일의문학
　　　　(내일의문학은 피알엔코리아(주)의 문학 브랜드입니다.)
출판등록 | 제2016-000373호
주소 | 서울시 강남구 남부순환로 2645 한독빌딩 406호
전화 | 02-313-3063
팩스 | 02-3443-3064
이메일 | prnkorea1@naver.com
블로그 | blog.naver.com / prnkorea1

ISBN 978-89-98204-49-5 03810
값 14,000원

● 이 책은 저작권법에 보호받는 저작물이므로 무단 복제를 금합니다.